그들의 세계는 얼마나 부서지기 쉬운가

Combien Fragile Etait Leur Monde
by Sylvie Florian-Pouilloux

국립중앙도서관 출판시도서목록(CIP)

그들의 세계는 얼마나 부서지기 쉬운가
실비 플로리앙 푸유 지음 ; 용경식 옮김.
— 파주 : 문학동네, 2005
p. ; cm
— (문학동네 세계문학)(실비 플로리앙 푸유 성장소설 ; 1)
원서명: Combien fragile était leur monde
원저자명: Florian-Pouilloux, Sylvie
ISBN 89-8281-982-7 03860 : ₩8000
863-KDC4 CIP2005001121

그들의 세계는 얼마나 부서지기 쉬운가

COMBIEN FRAGILE ETAIT LEUR MONDE

실비 플로리앙 푸유 성장소설 **1**
용경식 옮김

문학동네

내가 처음으로 클라라 말로의 집에서 그녀와 함께 점심식사를 한 건 1980년 1월이었다. 나는 초인종을 누르면서 그녀가 혹시 우리의 약속을 잊지 않았을까 걱정했다. 얼마 전부터 그녀의 건망증이 심해졌기 때문이다. 그러나 그녀는 잊지 않았다. 그녀는 현관에서 반갑게 내 웃옷을 받아들고는 조금 근심스러운 표정으로 내게 말했다.

"어서 와요. 그런데 지금 무슨 일이 일어난 줄 알아요? 고기가 없어진 거예요!"

"없어져요?"

"그래요. 냉장고 위에 놓은 것 같은데, 멀리 두지 않았거든요. 고기가 뒤로 떨어진 게 아닌지 모르겠어요."

우리는 냉장고를 끌어냈다. 나는 그녀가 덜 힘들도록 하려고 있는 힘을 다했다. 고기는 거기에 있었다. 혹시나 하던 나의 소심한 마음도 곧 사라져버렸다.

클라라는 과거를 회상하면서, 자기 가족과 앙드레 말로* 와 1968년 5월에 대해 이야기했다.

"1968년 5월은 내게는 정말 잊지 못할 추억이지요. 한창 때였으니까."

"그때 뭘 하고 계셨어요, 1968년에?"

"나요? 난 문지기였다우."

그녀가 경쾌한 목소리로 대답했다.

"문지기요?"

"그래요, 우리는 문인(文人) 전용의 작은 호텔을 하나 점거하고 있었거든요. 친절하게도 우리는 그들을 이층으로 보내고 일층을 차지했지요. 거기에는 다양한 사람들이 있었어요. 작가들 중에는 장 피에르 페가 있었고, 언론인들도 있었어요…… 그러나 이번에는 우리가 쫓겨나지 않기 위해서 그 집을 누군가 지켜야 했지요. 제일 가까이에 사는 게 나였기

---

* 프랑스의 소설가 · 정치가. 『인간 조건』 『왕도(王道)』 등의 작품을 썼으며, 한때 공산주의자로 정치 활동을 했다. 1945년에는 프랑스 대통령 드골의 신임을 받아 문화부 장관을 역임했다.

때문에, 내가 매일 밤 그곳에서 잤어요. 그렇게 해서 난 문지기가 되었지요. 긴 의자에서 잠을 잤는데, 무척 재미있었어요. 밤마다 나와 함께 있을 젊은 남자를 새로 보내줬거든요. 아침이 되면 나는 포르 루아얄 거리에 있는 시장으로 갔지요. 모두 이야기해요, 그때가 정말 좋았다고. 기억나요?"

"그럼요, 그때가 좋았지요. 당시에는 아무도 체코 점령, 폴란드나 캄보디아 사태, 베트남 패전이 그렇게 빨리 이루어질 거라고 생각지 않았지요. 모든 것이 너무 빨리 일어났어요. 가끔 스스로에게 물어보지요. 휴머니즘, 인간의 본질, 도덕 따위의 개념은 철학자의 상상 속에서나 존재하는 것이 아닐까 하고요."

클라라가 고개를 저었다.

"천만에, 사회가 존재하지 않으면 개인도 존재하지 않아요. 이봐요, 문제는 도덕이 있느냐 없느냐를 묻는 게 아니지요. 나는 도덕성의 필요를 진정으로 믿어요."

클라라는 여든세 살이었으며, 낙관주의자였고, 그토록 삶을 즐겼으며, 신선하고 젊었다……

이 책을 클라라에게, 젊은 클라라에게 바친다.

차례

1

나의 할머니는 유대인이었기 때문에, 야채와 고기 다진 것으로 속을 채운 잉어요리와 동상 걸린 발처럼 꿈틀거리는 이상한 음식을 먹었다. 그런 것은 골당베르그 씨 집에나 가면 볼 수 있는 것들로, 이따금 일요일 오후면 엄마는 그의 집에 나를 데리고 가곤 했다. 엄마는 유대식 이름을 가지고 있었다. 엄마의 처녓적 이름은 스테네르로, 에르(ER) 발음으로 끝나는 것이 꼭 유대식 이름 같다. 학교에서 알게 된 봉페르라는 여자친구도 있다. 나는 오래 전부터 그 아이가 유대인이라고 생각해왔지만, 나중에야 그렇지 않다는 이야기를 들었다. 할머니는 어렸을 때 할아버지와 결혼했다. 할아버지는 유대식 잉어요리를 먹지 않았고, 이름도 유대식이 아니었다. 그러니까 엄마는 반은 유대인이고 반은 아니다.

엄마가 태어난 이후, 전쟁 때문에 생활은 힘들어졌다. 할아버지는 레지스탕스 운동*을 했고, 그 당시 사람들은 유대인을 싫어했기 때문에 할머니는 숨어 지내야 했다. 할아버지는 레지스탕스 운동을 하다가 돌아가셨고, 할머니는 더욱 불행해졌다. 할머니는 남편이 죽은 것이 자기 탓이라고 생각했기 때문에 스스로를 용서할 수가 없었다. 더구나 할머니는 나의 엄마하고 단둘이 남게 되었는데, 혼자서 어린 딸을 키우는 것은 쉬운 일이 아니었다. 엄마도 이혼한 후로 혼자서 나를 키우고 있기 때문에 그 어려움을 잘 알고 있다. 물론 사정은 많이 다르다. 아빠는 이따금씩 나에게 루브르 박물관을 구경시켜주려고 들른다.

어쨌든 엄마는 할머니와 단둘이 살았고, 두 사람 사이가 좋지 않았던 것만은 사실이다. 엄마가 어른이 되어서 아빠를 만나 결혼한 후에도 할머니는 계속해서 함께 살았다. 내가 태어나기 전에 그들에게는 아이가 하나 있었는데 불행히도 죽고 말았다. 그 무렵부터 그들은 자주 다투기 시작했다. 할머니가 죽고, 내가 태어났다. 아무튼 내가 태어나기 전에 있었던 불행한 일이었다. 어느 날 아빠는 더이상 엄마와 같이 살지 않겠다고 선언했다. 그러나 우리와 가까운 곳에서 혼자 살 것이고, 나를 여전히 사랑하므

---

* '레지스탕스'는 '저항'을 뜻하는 프랑스어. 제2차 세계대전 당시 파시즘 정권에 대항했던 운동을 가리킨다.

로 자주 보러 오겠다고 했다. 자신의 말대로 아빠는 정말 나를 보러 오긴 했지만, 내 죽은 형제가 살아 있었다면 더 자주 왔을 거란 생각이 들었다.

그건 그렇고, 나는 평범한 중3 소녀이다. 내 친구 베로니크는 나하고 같은 학년이지만, 그애는 라틴어를 공부하기 때문에 반이 다르다. 매주 화요일과 목요일 나와 베로니크는 마르티르 거리에 있는 베리오츠카 부인의 집으로 무용을 배우러 다닌다. 베로니크에게는 토마라는 오빠가 하나 있다. 호감은 가지만 몹시 거만하고, 대학에 다니고 있다는 이유로 유명인사라도 되는 양 허세를 부리지만 우리에게는 깊은 인상을 주지도 못했고 종종 우리의 웃음거리가 되곤 했다. 내가 아주 좋아하는 일이 한 가지 있다. 영화관에 가는 것. 나는 도미니크(나의 아빠이다)와 단둘이 영화관에 가는 걸 무척 좋아한다. 아빠에게는 그것이 여자친구 없이 외출할 수 있는 기회라서 좋았고, 나로서는 아빠의 여자친구를 보지 않아도 되니까 좋았다. 그녀의 이름은 마리 루였다. 유행에 민감한 금발 미인으로, 취향에 따라 다르겠지만 대체로 아름답다고 할 수 있다. 나는 그녀와 부딪칠 일이 많지 않기 때문에, 그녀가 맘에 안 든다는 것을 잊고 지낸다. 나는 분명 부모님이 이혼한 것을 유감스럽게 생각한다. 얼마 동안은 그들을 차례로 방문하기를 즐기기도 했다. 내 존재를 무시하고 그들끼리 얘기하는 대신, 그들이 외로워서 내게 관심을 보이는 것이 좋았다. 그러나 그들이 목소리를 높여 언쟁을 벌이기 시작하면, 악몽의 순간들은 또다시 표면으로 떠올랐다.

그럴 때면 나는 내 방에 잠자코 있었다. 모든 게 신경에 거슬렸다. 내 방 창문으로 보이는 아줌마들, 머리를 틀어올려 쪽지고 꼭두각시처럼 장바구니를 든 채 지나가는 그들부터 시작해 모든 것이 거슬렸다. 그런 날이면, 누군가를 때렸으면, 내 몸이 폭발해 산산조각이 났으면, 질질 짜는 아내도 남편도 없는 무인도로 도망쳤으면 하는 생각뿐이었다. 그곳에서는 내가 모든 것을 지휘할 것이다. 풀이며, 벌레며, 초목이며, 나무며, 그리고 모래 위를 기어다니는 온갖 파충류를. 그리고 커다란 연단 위에 서서 명령을 내리고 수평선을 감시할 것이다. 장바구니를 들고 가는 그 아줌마들과는 반대로, 나는 대머리가 될 것이다. 완전한 대머리. 눈을 무섭게 부릅뜨고 눈알만 굴리고 있는 차가운 대형 동상처럼 털 오라기 하나 없는. 나는 그 섬의 분노가 될 것이다. 꽃, 초목, 곤충, 동물들이 나를 피해 달아날 것이다. 나는 화산처럼 불과 돌을 뿜어낼 것이다. 그러나 절대 울지는 않을 것이다. 섬에서는 눈물이란 것이 아직 생겨나지도 않았을 테니까. 아빠가 화를 내며 문을 쾅 닫고 가버리더라도 울 수 없을 것이다.

그렇지만 사실 내겐 부모님이 함께 살던 시절의 좋은 추억이 많다. 하루는 그들이 사랑을 나누는 장면을 목격하게 되었다. 나는 자지 않고 누워 있다가 목이 말라서 일어났다. 그들은 부엌에서 그것을 하고 있었다. 내가 그들을 보는 순간 어찌나 이상한 표정을 짓던지…… 아빠는 술을 너무 많이 마셨다고 변명했다. 나는 엄마에게 왜 신음 소리를 냈느냐고 물었다. 그러자 엄마는 어색한 미소를 지으면서 신음 소리를 낸 게 아니라고 대답했다. 엄마는 자기가 무엇을 했는지 내게 설명하려 애쓰는 듯했다. 아프지 않다고 거듭 말했고, 오히려 기분이 좋으니 걱정 말고 어서 가서 자라고 했다. 엄마는 말하는 내내 야릇한 미소를 짓고 있었다. 내가 방금 목격한 장면이 별 대수로운 일이 아니라는 것을 증명하려는 듯이. 엄마는 옷 하나 걸치지 않고 서 있었다. 배는 나오고 젖가슴은 늘어져 있었다.

나는 불안하지는 않았지만 고통스러웠고, 엄마를 보기가 민망해서 고개를 돌렸다. 아빠에 대해서는 기억이 나지 않는다. 아무튼 페니스가 꼿꼿이 서 있었고, 별로 기분 좋은 표정은 아니었던 것 같다.

아무도 내게는 그렇게 하지 않을 것이다. 그러니까, 아무도 나를 갖지 못할 것이라는 말이다. 아무도 내 집, 내 몸 속으로 들어오지 못할 것이다. 아무도 내가 신음 소리를 내게 하지 못할 것이고, 한숨조차 내쉬게 하지 못할 것이다. 나는 나 자신을 지켜낼 것이다.

그런데 내가 남자아이들을 자주 만나다니…… 아직 진정한 친구라고 할 수 없는 토마를 빼고, 내게 남자 친구는 카를로스밖에 없다. 카를로스는 몽팡시에 거리에 있는, 아빠와 같은 아파트에 살고 있다. 그는 건물 관리인 아줌마인 다 실바 부인의 아들이다. 성격은 조금 못된 편이지만, 성실하고 친절하고 마약을 하지 않는다. 그애 때문에 남자 중학생들에 대한 내 생각은 바뀌었다. 그러면 이제 내가 다니는 중학교 이야기를 해볼까……

그저께 학생주임 선생님은 내가 결석계를 제출하지 않았다고 방과 후 한 시간 동안 남아 있는 벌을 주었다. 그녀는 내가 학교를 방앗간 정도로 여긴다고 소리를 지르기 시작했고, 급기야 어머니에게 알리겠노라고 엄포를 놓았다. 그녀는 굳이 그럴 필요가 없었는데도 모두 들으라는 듯 계속 소리를 질러댔다. 작년 초 첫 등교일이었다. 운동장 여기저기에 학생들이 있었는데, 당연한 일이지만, 아무도 줄을 맞춰 서 있지 않았다. 그녀는 고래고래 소리를 질러댔다. 르불 선생님 후임으로 새로 온 국어 선생님은 그 모습에 질겁했다. 그녀는 눈이 휘둥그레져서 학생들에게 목이 터져라 소리지르는 학생주임 선생님을 바라보다가 영어 선생님에게 물었다. "저 선생님이 자주 저러시나요?" 영어 선생님은 이미 오래전부터 그런 일엔 관심 없다는 듯한 표정으로 어깨를 으쓱해 보였다. 그러자 국어 선생님은 외투 속으로 몸을 웅크렸다. 그녀의 담갈색 눈은 잿빛 달무리가 져서 더 커 보였다. 우리는 그런 광경에 익숙해져 있었다.

뿐만 아니라 교감 선생님은 위선적인 표정을 지은 채 복도를 오락가락하면서, 우리가 학교 물건들을 망가뜨리지는 않는지, 벽에 낙서를 하지는 않는지, 수업을 빼먹지는 않는지 감시하는 걸로 시간을 보냈다. 학생주임 선생님보다 나을 게 없었다. 그의 십팔번은 레지스탕스였다. 그는 자나깨나 그 생각밖에 안 했고, 좋아하는 것도 그것뿐이었다. 교감 선생님이 학교에서 연설을 했다 하면 주제는 언제나 레지스탕스였다. 그는 선생님들과 함께 정오에 모이는 반기숙생* 클럽을 만들었지만 아무도 참석하지 않았다. 우리에겐 레지스탕스(저항)할 것이 아무것도 없기 때문이다. 그가 참고자료실을 위해 구입하는 책들도 마찬가지였다. 자료실 담당 여선생님은 모두 제2차 세계대전에 관한 책들뿐이라고 분개한다. 그녀가 다른 책들도 사겠다고 책값을 요구하면, 교감 선생님은 "무슨 책값 말이오? 내가 그렇게 책을 많이 사줬는데 무슨 소

---

* 점심식사만 제공받는 학생들.

리를 하는 거요?" 하며 딴청을 부렸다. 그러면 그녀는 아무 말도 하지 못했다. 그 여선생님의 딸이 우리 반이었기 때문에 나는 그런 일들을 잘 알고 있다. 아, 교감 선생님과 학생주임 선생님은 어쩜 그렇게 잘 어울리는지! 잿빛 양복을 입고 상냥한 미소를 짓고 다니는 교감 선생님, 소리를 지르지 않을 땐 늘상 히틀러를 입에 달고 다니는 학생주임 선생님. 나는 잘 모르지만, 떠도는 소문에 의하면 그들은 세파리드*인 것 같다. 엄마는 세파리드들은 전쟁에 대해 말할 자격이 없다고 주장한다. 그들에게는 유대인 수용소에서 희생된 가족이 없기 때문이라나. 수용소를 경험한 것은 아슈케나지**들이므로, 세파리드들은 다 지나간 뒤에 허풍 떨지 말고 학살된 유대인들이나 추모하는 편이 나을 거라고도 했다. 당시에 어떻게든 살아남았다는 그 이유만으로도 감지덕지해야 한다는 것이다.

나는 거기에 대해 아는 것이 없다. 그 문제에 대해서는 엄마와 얘기하지 않는 편이 낫다. 그래 봐야 언제나 엄마의 화만 돋울 뿐이니까. 그런데 엄마는 항상 그가 옳다고 한다. 스타로폴리 선생님 말이다. 그가 교감 선생님이기 때문이라는데, 나는 사실 그가 옳은지 그른지 모르겠다. 다만 확실한 것은 그가 내 마음에 안 든

* 지중해 연안 국가에 사는 유대인들.

** 동유럽 출신 유대인.

다는 것이다. 그의 모든 것이 내 마음에 안 든다. 쭈글쭈글한 얼굴, 구질구질한 인상, 먼지 냄새—그에게서는 곰팡내가 나는 것 같다. 그는 시골에 잊어버리고 놔뒀다가 이 주일쯤 뒤에 보니 잿빛 이끼가 끼고 악취를 풍기며 물기로 찌걱거리는 썩은 치즈를 닮았다. 어쨌든 그를 생각하는 것조차 싫다.

복도를 걷다보면 언제든 그와 마주칠 수 있다. 그는 할 일도 없으면서 뒷짐을 지고 어색한 미소를 띤 채, 잿빛 양복을 입고 어슬렁거리며 선생님들을 감독했다. 교실로 들어오지는 않고 출입문 앞에 딱 버티고 서 있는데, 내 생각에는 선생님들에게 겁을 주려고 그러는 것 같다. 정말 이상한 사람이다. 부당한 일은 절대 하지 않지만, 왠지 불시에 우리를 공격할 것 같은 불안감을 조성하는 사람. 특히 그의 야릇한 미소가 기분 나빴는데, 얇은 입술에 번지는 그 미소는 얼굴 한복판에 나 있는 균열 같다. 터진 물집 같다고나 할까. 아니면 부엌 가스레인지 위쪽 천장에 나 있는 균열 같기도 하고. 그가 무서운 표정으로 우리를 노려볼 때면 머리 위로 날벼락이 떨어질 것 같지만, 사실은 아무 일도 일어나지 않는다.

하루는 그가 남학생 화장실에서 발견한 마리화나를 들고 개선장군처럼 나타났다. 자신이 발견한 물건에 아주 흡족한 표정이었고, 미소 띤 입술은 평소보다 더 길게 늘어나 있었다. 그가 그렇게 득의양양한 만큼 3학년 남학생들은 벌벌 떨고 있었지만, 예상과는 달리 아무 일도 일어나지 않았다. 엄마는 나를 설득하려 애썼다. 교감 선생님을 미워해서는 안 된다고. 교감 선생님이 지금처럼 하지 않으면 학교에서 일어나는 온갖 일들, 마약이니 싸움이니 하는 것들 때문에 학교가 잘 돌아가지 않을 거라나. 하루 종일 거리를 배회하는 아이들을 매일 학교에 오게 만드는 것만으로도 칭찬받을 만하다는 것이다. 어쩌면 엄마 말이 맞을지도 모른다. 그러나 스타로폴리 선생님, 그는 칭찬받을 만한 인물인진 몰라도 절대 호감이 가는 인물은 못 된다. 마치 횡단보도로만 길을 건너도록 우리를 계도하기 위해 나온 경찰관 같지 않은가!

어제 수학시간에 스타로폴리 선생님이 우리 교실에 불쑥 나타나더니, 경찰청 직원들이 도로교통에 대한 강의를 하기 위해 시청각실에 와서 기다리고 있다고 말했다. 학생들은 물론 수학 선생님까지 모두 시청각실로 갔다. 당연히 수학 선생님은 수업을 다 마치지 못했기 때문에 불평했지만. 우리는 평소대로 와글와글 떠들면서 시청각실로 들어가 자리를 잡았다.

시청각실에 와 있는 사람들은 진짜 경찰들이었다. 푸른색 바지와 견장 달린 푸른색 셔츠, 허리에 찬 권총. 한 경찰이 흑판 앞을 왔다갔다하고 있었는데, 그의 권총과 시청각실은 전혀 어울리지 않았다. 우리는 여전히 떠들어대고 있었다. 조용히 하지 않더라도 그가 설마 우리를 향해 총을 쏘지는 못할 것임을 확인하려는 듯이. 마침내 그는 화를 내면서 제일 떠드는 녀석을 앞으로 끌어내더니 마룻바닥을 손가락으로 가리키며 "여기"라고 말했다. 그러나 그의 표정은 조금도 무섭지 않았다.

우리가 조용해지자 마침내 '연설'을 할 수 있게 된 그는 교통사고 사망자들에 관해 말하기 시작했다. 그는 사태의 심각성을 이해시키기 위해 같은 말을 두 번씩 반복했다.

"학생 여러분, 파리의 발 드 마른 지역에서 집계된 사망자가 백팔십칠 명입니다. 그중 자전거 사고자가 여든한 명, 보행자가 일흔일곱 명입니다. 자전거를 타고 가던 사람이 여든한 명, 보행자가 일흔일곱 명입니다. 당장 내일, 여러분이나 여러분의 가족이 횡단보도를 건너다가 죽을 수도 있습니다. 아시겠습니까?"

우리는 몰랐다. 그의 말에 별 흥미도 못 느꼈다. 아무도 혼자 길을 건너면서 위험을 경험해본 적이 없었고, 술을 마시거나 신경안정제를 복용하거나 마약을 하고 운전하는 사람이 몇 명이나 될까 생각해본 적도 없었다. 음주운전은 엄격히 금지되어 있다고 생각했으니까…… 경찰의 말이 계속되었다.

"학생 여러분, 여러분은 위험을 깨닫지 못하고 있습니다. 여러분은 거리에서 롤러스케이트를 탑니다. 여러분은 롤러라고 부르더군요. 그걸 타면서 길 가는 할머니와 부딪칠지도 모른다는 생각을 한 번이라도 해보았습니까? 롤러 타는 학생과 부딪쳐 넘어진 할머니는 넓적다리뼈가 부러질 수도 있습니다. 그러면 그 할머니는 몇 달간 병원 신세를 지든가 돌아가시든가 할 것입니다. 그건 여러분 책임이지요. 하지만 여러분은 할머니의 죽음에 책임을 지고 싶지는 않겠지요…… 그러니 교통신호를 잘 지켜주십시오. 나는 여러분처럼 앞날이 창창하고 아무 걱정 없던 한 젊은이를 알고 있습니다. 그런데 어느 날, 단 오 분 사이에 모든 것이 끝장나버렸습니다. 그 젊은이는 몇 달 뒤에야 그 악몽에서 벗어날 수 있었습니다. 웃음이 나옵니까?"

아무도 웃지 않았다. 과속하는 사람들을 왜 체포하지 않느냐고 한 학생이 물었다. 경찰은 그런 사람을 체포한다고 대답했다. 최근에는 파리 외곽순환도로에서 시속 백팔십 킬로미터로 달리던 사람을 잡았단다. 자동차들의 성능은 뛰어나지만, 그것을 이용하는 사람들은 이성적이지 못하다.

"그러면 왜 공장에서 그런 성능 좋은 자동차를 만들어내도록 내버려두는 건가요?"

한 학생이 질문했다.

"그건 국가 경쟁력 때문이지요."

경찰은 심각한 표정으로 대답하고 나서, 다른 질문은 더 없느냐고 물었다.

더이상의 질문은 없었다. 몇몇 학생들이 다시 소란을 피우기 시작하자, 파견 경찰은 눈살을 찌푸리더니 갑자기 소리를 질렀다.

"조용히 하세요, 예의를 지킵시다. 거리에서나 교실에서나 마찬가지입니다. 누군가 질문하면 귀를 기울여야죠."

하지만 곧 그는 우리가 질문하기를 기다리지 않고 지친 듯 자리에 앉아버렸고, 우리는 영화를 보았다. '시청각 시간' 이 끝나자, 경찰들은 스타로폴리 선생님을 만나러 가버렸다. 점심시간에 현관에서 그들과 다시 마주쳤는데, 그들은 서둘러 학교를 빠져나가려는 듯이 보였다.

2

크리스마스에 엄마와 나는 시골에 사는 엄마 친구들의 집을 방문했다. 시골에서 크리스마스를 보낸다니 정말 괴상한 생각이었다. 추운데다 나뭇잎 하나 없이 앙상한 나무들은 잿빛으로 떨고 있고, 들판에는 물이 흥건해서 걸을 적마다 철벅거렸고 구경거리도 없었다. 풀밭은 지저분하고, 들판은 누렇고, 하늘에는 희뿌연 안개를 뚫고 나온 듯한 앙상한 나뭇가지들만 뒤얽혀 있다. 더구나 감기에 걸리지 않기 위해서는 몸을 움직여야 하기 때문에 추위에 떨거나 따분한 시간을 보내게 된다. 그러나 바깥 날씨가 매섭기 때문에, 일단 집 안에 들어오면 자고 싶은 생각밖에 나지 않는다.

첫날, 엄마의 친구들은 벽난로 앞에 머물러 있었다. 여자들은 몸을 앞뒤로 돌려가면서 불을 쬐고 있었고, 남자들은 계속해서

부지깽이로 장작을 쑤시면서 불이 잘 붙지 않는다고 투덜거렸다. 겨우 붙은 불도 연기를 내뿜다가 잘 타지 않고 꺼져버리거나 너무 빨리 사그라들었다. 그들은 각자의 생활에 대한 이야기를 나누었고, 점심식사 후에는 커피를 마셨다. 네시에는 차를 마시면서 이야기꽃을 피웠고, 일곱시에는 아페리티프를 마시면서 또다시 대화를 나누었다.

크리스마스 전날 아침, 우리는 저녁 준비를 위해 골목길, 포장도로, 막다른 골목, 안마당, 목재 골조가 드러난 건물, 그리고 정원이 있는 '매력적인 시골 소도시'로 장을 보러 나갔다. 크리스마스라 대로변의 상점들에는 전구와 별이 밝혀져 있었다. 진열대에 별다른 장식이 없었지만 우리는 자질구레한 물건들을 사들이려 했다. 엄마의 친구들은 굴, 닭고기 갈랑틴*, 고기 파이, 부댕 블랑**, 오리간 파테***, 냉동계란, 달팽이를 찾아다녔다. 우리는 일요일 아침에 장을 볼 때처럼, 값은 따지지도 않고 얼마 남지 않은 꽃장식과 술들을 샀다. 나는 다른 때 같았으면 그런 고급 요리 대신 초콜릿빵을 골랐겠지만, 크리스마스에는 그렇게 해선 안 될

* 양념을 넣어서 삶은 고기를 굳힌 것.

** 각종 고기와 우유 따위를 넣어 만든 일종의 백(白)순대.

*** 고기나 생선 구운 것을 파이 껍질로 싸서 구운 것.

것 같았다.

쇼핑을 끝내고 돌아왔을 때 난방이 잘 되지 않은 탓에 집 안은 썰렁했다. 엄마의 친구들은 저녁식사 준비를 시작했고, 한 남자가 눅눅한 시골 공기를 탓하면서 다시 불을 지폈다. 나는 엄마가 알고 있는 쥘리아라는 여자아이의 오빠를 만나러 밖으로 나갔다. 엄마 얘기로는 내가 그 아이하고 짝을 지어야 했다. 쥘리아는 불 앞에 앉아 연재만화를 읽고 있었다. 나는 그 아이의 오빠와 짝이 되었으면 더 좋겠다고 생각했지만, 그는 가고 없었고 나와 이야기하고 싶어할 것 같지도 않았다. 그래서 나는 그 집에서 키우는 고양이들과 놀기 시작했다.

사람에게 다가오지 않는 것으로 보아 그 고양이들에겐 야생의 습성이 남아 있는 것 같았다. 그런데 한 녀석은 그렇지 않았다. 다른 고양이들에 비해 작고, 희고 검은 얼룩이 섞인 녀석은 얼어붙은 땅에 달라붙은 발을 떼면서 장난을 치고 있었다. 녀석은 아주 어렸다. 조심스럽게 나를 뚫어져라 바라보는 두 눈은 너무 예뻐서 악의라고는 있을 것 같지 않았다. 추운 날씨 탓에 털은 곤두서 있었고, 긴 수염 때문에 아주 영리한 새끼고양이처럼 보였다. 하지만 내가 조심스럽게 잡으려고 하자 녀석은 재빨리 땅에 배를 깔고 덤불로 숨었다. 고양이들은 늘 그런 식이다. 매력적이라고 느끼는 순간 녀석들은 덤불 속으로 사라져버린다. "야옹아, 이리

온" 하는 말을 곧바로 알아듣고도 말이다. 짜증스러운 일이다. 보통 녀석들을 쓰다듬어줄 수 있을 거라고 생각하지만, 천만에 말씀이다. 잠시 후 그 얼룩 고양이 역시 다른 녀석들과 마찬가지로 사라져버렸다. 녀석은 서두르지도 않고 침착하게 꼬리를 세우고 무성한 전나무 가지 아래로 들어갔다. 내가 약간 겁줬더라도 녀석에겐 싼 일다. 뭐 어쨌든 그렇다는 말이다.

비가 오기 시작했다. 나는 두건을 쓰고 산책을 한 다음, 불가로 가 몸을 녹였다. 아드리앙이 진흙투성이가 된 자전거를 타고 돌아오는 모습이 보였다. 그는 나와 마주치고도 말을 걸지 않았다. 불친절한 아이였다! 그의 아버지가 옆문에서 그를 기다리고 있다가 호통을 쳤다. 나는 멀찍이 떨어져 그들이 다투는 소리를 듣고 있었다. "어린 녀석이 이런 날씨에 자전거를 타다니. 너는 선물받은 것을 아낄 줄 모르는구나! 새 자전거를 벌써 진흙투성이로 만들어오다니. 이 꼴 좀 봐라!" 아드리앙은 심술궂게 뭐라고 말대꾸를 했지만 나는 알아들을 수 없었다. 나는 더이상 그들의 말에 귀를 기울이지 않았다. 산책을 계속했지만 오래 할 순 없었다. 안개가 점점 짙어지고 빗줄기가 굵어지고 있었다.

집으로 돌아갔을 때 분위기는 한껏 들떠 있었다. 나는 젖은 몸을 말리러 갔다. 쥘리아와 아드리앙이 이소룡이 나오는 비디오를 보고 있었다. 서로 죽도록 주먹을 휘두르는 쿵푸 영화였다. 다섯

시쯤, 나는 '주인 아주머니'를 따라서 우유를 가지러 농장으로 갔다. 길은 벌써 어두웠다. 크리스마스 밤이 깊어가고 있었다. 농장에 도착한 나는 방수천 위에 우윳병을 내려놓았다. 그곳에선 크리스마스 분위기가 전혀 나지 않았다. 벽에도 아무 장식이 없었고, 켜놓은 텔레비전 위에 덩그러니 놓인 말린 히드꽃 한 다발이 전부였다. 농장의 아주머니는 우리에게 우유를 주었고, 우리는 비에 관해 몇 마디 이야기를 나누었다. 세차게 퍼붓는 비에 도로에는 골이 패었고, 수레바퀴 자국에 소의 발굽은 푹푹 빠져들었다. 빗물이 도랑을 이루면서 흘러가는 소리가 들렸다. 돌아오는 길에, 어둠 속에서 빛나는 고양이의 눈을 보았다. 아까 우리를 따라왔던 검은 얼룩 고양이였다. 우유가 가득 든 우윳병은 걸음을 옮길 때마다 출렁거렸다. 어둠은 여전했다. 오늘이 크리스마스라는 것을 믿기 위해서는 문명에 대한 날카로운 감각이 필요할 정도였다.

우리는 밤 열시에 밤참을 먹기 시작했다. 굴요리, 돼지고기 요리, 노루고기, 크리스마스 케이크를 먹은 후, 텔레비전으로 존 포드가 나오는 영화를 보다가 잠자리에 들었다!

다음날 정오 무렵, 작은 선물들을 풀어보고 나서 우리는 옹플뢰르*로 떠났다. 레스토랑은 홍합요리를 즐기는 손님들로 가득했다. 그러나 아직 집에 음식이 많이 남아 있었기 때문에 우리는 음식을 싸들고 다녀야 했다. 바닷가 제방을 한동안 산책했다. 갈매기들이 시끄럽게 울면서 우리를 따라다녔다. 항구로 돌아오는 길에 우리는 그물을 드리운 트롤선을 보고 감탄했다. 그리고 해양박물관을 방문했다. 박물관 안은 어두워서, 마치 전기가 들어오지 않던 시절 어부의 낡은 집에 들어온 듯했다. 박물관을 나온 우리는 옹플뢰르 거리를 산책하다 보통 교회와는 다르게 생긴 한 교회에 들어갔다. 내부가 무척 밝고, 누군가 내게 말했듯 지붕이 배 한 척, 아니 두 척을 뒤집어놓은 것처럼 생긴 교회였다. 교회에서 나와 좀더 걸었는데, 너무 추워서 내가 오들오들 떨었기 때문에 우리는 카페에 들어가 코코아를 한 잔씩 마시고 집으로 돌아왔다.

일요일 저녁 무렵, 우리는 엄마의 친구들과 작별인사를 했다. 파리로 돌아오는 내내 차창 틈으로 찬바람이 새어들어와 몹시 추웠다. 바닥에서 흘러나와 옷에 밴 기름 냄새는 파리에 온 뒤에도 오랫동안 가시지 않았다. 바깥으로는 밭고랑에 따라 분할된 질펀한 농경지가 끝없이 펼쳐져 있었다. 보이는 것이라고는 희뿌연 안개와 하늘뿐이었다. 바닥에서 뜨거운 공기를 뿜어대는 차 안의 난방 방식 때문에 가슴이 답답했다. 그러나 찬바람이 들이칠까봐

* 프랑스 바스 노르망디 주 칼바도스 현에 있는 도시.

차창을 내릴 수도 없었다. 자리도 썩 편치 않았고, 차 안에는 기름 냄새가 배어 있었다. 낡은 차였으므로 어쩔 수 없는 상황이었지만, 덕분에 나는 완전히 저기압이 되었다.

우리는 기름을 넣기 위해 주유소에 들렀다. 열린 차 문을 통해 코를 찌를 듯한 가솔린 냄새가 흘러들어왔다. 나는 다시 추위에 떨었다. 눈앞에 펼쳐진 광경들, 자동차 앞 유리창, 바로 앞에 보이는 풀밭, 조금 멀리 보이는 경작지, 이 모든 것들이 차츰 색채를 잃으며 창백해지다가 사라져버렸다. 한 편의 영화로 만들어진 내 인생이 햇빛 아래 드러난 것 같았다. 그러나 나는 너무 피곤해서 별다른 슬픔조차 느낄 수 없었다. 엄마는 다시 안전벨트를 매고 차를 출발시키면서 나를 이상한 눈초리로 힐끗 쳐다보았다. 예전에 내가 아프다는 것을 눈치채고 다음날 직장에 나가지 못할까봐 걱정하는 엄마의 눈빛이 꼭 그랬다. 창백한 빛 속에서 풍경이 연이어 지나갔다. 여기저기 가볍게 날아다니는 까마귀들을 보다가 약간 어지러워져서 잠이 들었나보다. 아무튼 시간이 무척 더디게 지나가는 것 같았다.

마침내 우리는 집으로 돌아왔다. 나는 곧바로 내 침대로 가서 입은 옷 위에 가운을 걸치고 깃털 이불 속으로 기어들어갔다. 엄마가 따뜻한 차를 가져왔다. 자동차에서 내렸을 때, 꼼짝도 할 수가 없어서 짐을 내리는 엄마를 그저 보고만 있었다. "그렇게 서 있지 말고 얼른 올라가." 엄마는 이렇게 말하고 열쇠를 내밀었다. 엄마를 도와주지 못해서 미안했지만 어쩔 수가 없었다. 어느 일요일 저녁처럼 층계참에서 곰팡이 핀 감자와 고양이 오줌 냄새가 난다고 생각하면서 문을 열고 현관에 들어선 기억이 난다. 모든 일이 너무 빨리 지나가버려서 내가 다시 집에 와 있다는 사실에 어안이 벙벙했다. 집 안은 무척 더웠다. 엄마도 나도 떠나기 전에 난방 끄는 것을 잊어버린 것이다. 갑자기 열이 오르면서 무력해졌다. 바람 빠진 공처럼, 양탄자 위로 힘없이 굴러떨어진 봉제인형처럼 힘이 없었다. 나는 가구에 부딪혀가며 침대 옆에서 허물을 벗듯 옷을 벗어던졌다. 그리고 눈에 띄는 제일 따뜻한 가운을 끌어다 걸치고 양말을 무릎까지 끌어올린 후 쓰러지듯이 누웠다. 처음에는 찬바람이 이불 속으로 새어들어올까봐 돌아눕지도 못했지만, 차츰 열기가 온몸을 휘감아오기 시작했다. 거의 실신할 것만 같았다. 죽기 직전, 사람이 아주아주 늙어버리면 이럴 거라는 생각이 들었다. 사람은 평생 죽는 것이 무서운 것이라고 믿다가, 어느 날 슬그머니 다음과 같은 사실을 깨닫게 된다. 우리는 죽을 준비가 되어 있으며, 오히려 하늘이라는 시트 속으로 기어들어가 더이상 뼈마디가 쑤시는 고통을 느끼지 않는 편이 좋을지도 모른다는 것을. 우리가 항상 그리워했던 것은 멀리에서 들려오는 목소리이고, 내가 막 지낸 크리스마스처럼 더이상 고통스럽지 않은 아련한 추억인 것이다.

"리자?"

"엄마?"

"너 자니?"

아직 나는 자지 않고 있었다. 엄마는 틀림없이 차를 준비해왔을 것이다.

3

거리에서 낯선 여자에게 말을 거는 남자를 보면 정말 못 참겠다. 얼마나 배워먹지 못했으면 자기에게 관심도 없는 숙녀에게 말을 걸 수 있는지 이해가 안 된다. 정말이지 이해할 수가 없다! 그들이 입을 여는 순간 말을 맺지 못했으면 좋겠다. "저, 우리 산책이나 할까요, 아가씨?"라는 말이 끝나기도 전에 녀석들의 발아래 땅이 꺼져서 그 더러운 낯짝이 하수구에 처박혔으면 좋겠다.

그래, 나는 산책하고 있었다! 파이프 담배 가게 앞에서는 잠시 멈춰 서기도 했다. 사격 연습장에서처럼 모두 꼬리를 아래쪽으로 하고 늘어서 있는 파이프들의 모습이 무척 재미있었던 것이다. 그런데 하필이면 그 남자가 내게 인사를 했을까. 내가 무슨 인사를 받아야 하는 사람이라도 되는 것처럼 말이다. 조용한 공원을 혼자 산책하는 게, 파이프 가게 앞에 멈춰 서서 구경하는 게 무슨 못 할 일인 것처럼 인사를 하다니. 파이프를 보면 내가 좋아하던 아빠의 담배 냄새와 아빠와의 추억이 떠올라 즐거워졌다. 그런데 모르는 사람이, 그것도 못생긴 남자가 바보 같은 표정으로 "안녕하세요"라고 인사하는데 받아줘야 하나! 어렸을 때 같았으면 혀를 낼름 내밀고는 재빨리 도망쳤겠지만, 지금은 그렇게 '용감하지' 않다. 지금은 그저 대꾸를 않는 것으로 만족하지만, 실제로는 그들의 비열한 낯짝을 갈겨주고, 그들의 더러운 얼굴이 박살나거나 사라지게 했으면 좋겠는데 그러지 못하고 약하게 구는 나 자신에 화가 난다. 물론 오전 열시의 팔레 루아얄 공원에는 사람이 별로 없다. 만일 평소처럼, 그리고 아빠가 믿었던 대로 내가 얌전히 학교로 갔더라면 그 모든 일은 일어나지 않았을 것이다. 그러나 그것이야말로 내가 부당하다고 생각하는 점이다. 여자아이들은 함께할 누군가 없이는 학교를 빼먹고 어딜 놀러가거나 하는 일은 하지 못한다. 하지만 나는 아침 열시경에 팔레 루아얄 공원에 가는 것을 좋아한다. 그 시간엔 거의 아무도 없고, 아무도 없는 공원은 환상적이니까. 특히 나무들이 아직 앙상하고, 그날 하루가 맑을지 어떨지 모르는 것처럼 자연이 앞으로 어떤 모습을 보일지 결정을 내리지 못한 초봄에는 더욱 환상적이다. 자갈 위를 걸을 때 나는 소리는 언제나 달콤하도록 우울하다. 벤치 위에 내리는 비도 쓸쓸하다. 그러나 고개를 들면 푸른 하늘 한 조각이 보인다. 사라졌다가 되돌아오고, 다시 달아나서 한참 되돌아오지 않는 푸른 하늘. 하지만 어서 다시 나타나길 애타게 바라는 하늘. 그래서 우리는 웃어야 할지 울어야 할지 모르는 것이다. 나는 이 계절의 아침 산책을 좋아한다. 초봄은 사랑하는 사람들을 닮은 계절이다. 우리를 혼란에 빠뜨리고 우롱하고, 우리에게 헛된 희망을 주고 기대하지 않을 때 뜻밖의 보상을 베푸는 계절. 그것이 바로 봄이다. 봄은 이처럼…… 예측할 수가 없다.

겨울은 오랫동안 계속되었고, 내 병도 오래갔다. 사실 완연한 봄은 아니었지만 모든 것이 봄을 예고하고 있었다. 오늘 아침 차를 마시는 동안 그 사건이 다시 생각난 건 어쩌면 내가 아빠 집에서 보낸 지난 주말처럼 날씨가 좋았기 때문이었는지도 모른다. 아니면 하늘 때문이었는지도. 창백한 3월의 푸른 하늘. 빨랫줄에 걸린 옷가지에서 뚝뚝 떨어지는 물처럼 촉촉한 하늘. 오전 수업이 없었던 터라 집에서 다음날 제출할 작문숙제를 하고 있었다. 부엌에서 차를 마시는데, 찻잔 가장자리에 부딪히는 햇살이 눈부셨다. 야외에서 맨발로 앉아 아침식사를 할 수 있는 여름이 생각났다. 햇살이 아직은 미약해서 본격적인 여름방학까지는 아니더라도 부활절 방학이 다가왔다는 것을 느낄 수 있었다. 그것도 행복한 일이었다. 나는 엄마가 습관처럼 토스터 옆의 화병에 꽂아 둔 끔찍한 에델바이스를 당장 치워버리고 사과나무 가지를 꽂고 싶었다. 얼음이 어는 날씨에도 종종 꽃을 피우는 사과나무가 생각났다. 얼어서 갈라진 땅에 떨어진 사과나무 꽃잎은 오늘 낮처럼 방금 내린 마지막 눈을 떠올리게 한다.

작문에서 좋은 점수를 받고 싶은 마음은 간절했지만, 공부를 그렇게 열심히 하고 싶지는 않았다. 베로니크가 다음주 수요일에 디디에라는 친구와 함께 점심을 먹자고 나를 초대한 것이 생각났다. 디디에는 토마의 친구이자 '둘째 가라면 서러워할' 항해사이다. 그는 직접 배를 만든 적이 있다. 베로니크 말로는 '내가 이해할지는 모르겠지만', 세계 일주를 위해 십 미터 이십짜리 삼동선(三胴船)을 만들고 있는 중인 '끝내주는(!)' 사람이었다. 나는 배에 대해서는 아무것도 모르기 때문에 그가 그렇게 대단한 존재인지는 잘 알 수 없었다. 하지만 "그는 금빛 수염에 푸른 눈"이며 "부모님이 점심식사 후에 나가실 것"이라는 베로니크의 말에 나는 그 전문가와의 식사를 더욱 흥분하며 기대하게 되었다. 그래서 작문숙제는 뒷전인 채 수요일에 뭘 입을까 고민하던 중이었다. 나는 남편과 싸울 적마다 신발을 새로 사는 엄마 친구처럼 유행에 민감하지는 않지만, 형편만 된다면 새 옷 입기를 좋아한다. 이번에는 내가 그 전문가에게 '진심으로 놀라기' 전에 나 자신에게 먼저 놀라고 싶었다. 그러나 우선 입을 옷이 정말 없었고, 따라서 놀랄 일도 없었다. 그리고 나는 돈도 없었다. 돈 생각을 하지 않는 것이 최선이었지만, 아무튼 그 생각만 하면 짜증이 났다.

나는 우유와 버터를 정리해 냉장고에 넣어두고 방으로 들어갔다. 하지만 곧 생각을 바꾸었다.

돈을 쓰고 싶은 미칠 듯한 욕망이 나를 갑자기 밖으로 내몰았던 것이다. 그러나 프로방스 거리와 몽마르트르 거리로 나와서야 루쿰 사탕* 가게 외에는 갈 데가 없음을 깨달았다. 차라리 그 시간에 작문숙제를 했더라면 좋았을 것을. 그러나 그런 주제로 작문숙제를 한 것이 벌써 여섯번째니까 쉽게 끝낼 수 있을 것이다. 6학년 때 우리말로, 4학년 때 영어로, 그리고 독일어로…… 무슨 얘길 해야 할지 몰라서 어쩔 수 없이 그걸 화제로 삼는 크리스마스 이브는 그렇다 치더라도, 어떻게 아빠는 해마다 이 주제에 감탄하는지 모르겠다. 아빠는 마치 처음 들어본다는 듯 되풀이해서 말한다. "올해 너희 선생님들은 정말로 창의성이 풍부한 것 같구나." 아빠 말이 옳다, 사형제도는 없어질 수밖에 없다! 이런 주제에서 내가 특히 어리석다고 생각하는 점은 찬반양론을 비교 검토(꼭 필요하기 때문에 어쩔 수 없다)한 후에는 더이상 진전이 없다

---

* 향료가 든 아랍 사탕과자.

는 것이다! 그렇다면 토론이 무슨 소용인가? 우리가 뭘 어떻게 해야겠다고 생각할 땐, 그 방법이 정당하거나 합리적이거나 가장 좋은 해결책이기 때문이 아니며, 우리가 심사숙고했거나 그것이 가장 성실하고 현명하거나 친절한 방법이기 때문도 아니다. 그저 몇 세대 전부터 그렇게 해왔기 때문이 아닐까?

알퐁스 카르라는 작가는 이렇게 말했다고 한다. "사형제를 폐지할 경우, 암살자 선생들께서 작업을 개시할 것이고……"

이것이 주장의 근거인가? 그런 말이 이런 주장과 무엇이 다르단 말인가. "아, 당신들은 사형제도에 찬성합니까? 당신의 부모님이 사형을 당하면 뭐라고 하겠습니까? 당신의 아버지, 어머니, 아들, 딸이 목숨을 잃고 피가 흥건한 가운데 마치 당신에게 마지막 작별 인사라도 하듯 창백한 미소를 짓고 있는 모습을 본다면? 당신은 어떻게 하겠습니까? 그러면 당신은 사형제도에 반대할 건가요? 생각해보세요, 당신이 가장 사랑하는 이들의 얼굴에서 본 창백한 미소를. 그런 일이 오늘도 내일도 일어날 수 있다면……" 나는 이런 식의 논쟁은 질색이다! 자기가 옳다는 주장을 하기 위해 남을 위협하고 겁주는 것은 페어플레이가 아니다!

앗, 그 문제 때문에 엄마 생각이 났다! 엄마는 논쟁을 하다가 나와 의견이 맞지 않으면 그렇게 말하는 버릇이 있다. 올해 초 엄마는 화요일 저녁마다 무용학원으로 나를 데리러 오겠다고 고집을 부렸다. 그러나 나는 베로니크와 함께 그곳에 가기 때문에 엄마가 오는 걸 원치 않았고, 돌아오는 길에 보호자가 필요하다고는 생각하지 않았다. 더구나 우리는 노트르담 드 로레트 거리를 내려오면서 수다를 떠는데 그걸 방해받는 것도 싫었다. 가끔씩 토마가 부모님 댁에 저녁을 먹으러 갈 때면 우리를 데리러 오기도 한다. 그럴 때면 우리는 마르티르 거리와 노트르담 드 로레트 거리를 내려오는 내내 허풍을 떨며 농담을 주고받는다. 이따금 그가 복잡하기 짝이 없는 자신의 연애사건을 이야기해주면, 우리도 질세라 연애사건을 꾸며내 이야기하고……

그렇다, 나는 엄마가 무용학원에 나를 데리러 오는 것을 좋아하지 않는다! 내 꼴이 뭐가 되겠는가? 엄마는 단지 내가 혼자 집에 돌아오는 것을 참지 못하는 것뿐이다! 내가 화를 내자, 엄마도 더이상 고집을 부리지 않았다. 그러나 사흘 후 엄마는 손가방에 들어갈 만큼 작은 최루탄을 가지고 와서 이렇게 말하는 것이었다. "자, 받으렴. 무슨 일이 일어날지 어떻게 알겠니?" 나는 경악했다. 엄마가 미친 게 아닐까 하는 생각마저 들었다. 그래서 나는 소리쳤다. "나더러 그 폭탄을 가지고 어떻게 하라는 거예요? 베로니크와 헤어진 다음에는 라파예트 거리 하나만 지나면 돼요. 그런데 저녁 일곱시 반에 나 혼자 그곳을 지나가는 게 뭐가 위험하단 말씀이세요?" 엄마는 내 눈을 찬찬히 들여다보면서 불만 섞인 목소리로 대답했다. "네가 돌아오는 시간이 일곱시 반이 아니던데? 그리고 얘야, 무슨 일이 일어난 뒤에 내게 알리러 와도 그때는 이미 너무 늦어." 그 말에 나는 더욱 화가 났다. 나는 최루탄이 터질까봐 손도 대지 못하고 어쩔 줄 몰라하며 서 있었다. 엄마는 내게 아무런 설명도 하지 않았다. 정말로 내가 그것을 사용할 거라고 생각하는 건지 엄마에게 묻고 싶었다. 내 생각에 엄마는 내게 그것을 주고 싶었던 것뿐이었다. 그러나 나는 그 물건에서 가스가 새어나와 질식하게 되지나 않을까 두려웠다. 최루가스가 오로지 눈물만 흘리게 한다는 것을 어떻게 믿을 수 있단 말인가! 우리끼리 얘기지만, 최루탄의 효과가 눈물을 흘리게 하는 것뿐이라면 남자를 울리기만 해서 대체 뭘 어쩌겠다는 것인지도 궁금했다. 하지만 엄마는 항상 그런 식이었다. 아마도 엄마는, 엄마가 걱정하고 있는 일이 내게 일어난다면…… 그땐 내게 눈물 흘릴 일밖에 없다는 말을 하고 싶은 것인지도 몰랐다.

그러나 나는 두렵지 않았다. 나는 같은 말을 반복했다. "내가 무슨 위험한 일을 당해요? 저녁 일곱시 반에 무슨 일이 생기겠냐구요. 그렇다면 무사히 집에 돌아갈 사람이 아무도 없겠네요. 그 시간에 라파예트 거리는 파리 북역으로 가서 지하철을 타려는 사람들로 북적댄다구요." 물론 나는 엄마가 두려워하는 이유를 안다. 4월까지는 저녁 일곱시 반이면 어두워지기 때문이다! 밤이 되면 차 안에 있는 것처럼 주위가 잘 보이지 않는다. 혹시 누가 알겠는가, 늙은 호색한이 슬그머니 현관문을 열고 나와서 나를 자기 집 안뜰로 끌고 들어갈지. 그러면 구해달라고 소리칠 겨를도 없이 끌려가고 말지도 모른다. 보통 이런 일들은 꿈에서나 일어난다고 생각하지만, 결국은……

엄마가 내게 겁주고 있다는 것을 당장은 깨닫지 못했다. 그런데 나중에는 집에 돌아오는 길에 뒤를 밟는 사람이 있는지 보려고 종종 뒤돌아보게 되었다. 특히 노트르담 드 로레트 거리 끝에서 베로니크와 헤어진 후에는 더 그랬다. 프로방스 거리에 못 미쳐 내 뒤로 바싹 다가오는 발소리가 들리자 나는 겁에 질렸다. 그 소리는 내 발소리보다도 크게 들렸다. 어쨌든 엄마가 이겼다. 그렇지만 자기가 옳다는 것을 증명하려고 상대방에게 겁을 주는 것은 옳은 설득 방법이 아니다. 예를 들어, 그런다고 해서 내가 사형제도에 찬성하지는 않을 거라는 얘기다. 나는 암살자들이 아무리 많더라도 사형제도에는 반대한다. 그게 전부다.

인종주의처럼 그 문제는 설명이 되지 않는다. 학교에 가면 인종주의에 대해 한마디 하겠다며 침 튀기며 떠들어대는 애들이 있는데, 대체 왜 그러는 걸까? 자, 그래, 어떤 사람들은 인종차별주의자다! 그리고 어떤 사람들은 인종차별주의자가 아니다. 인종차별주의자가 아닌 사람하고 말이 통하면 하는 거고, 인종차별주의자들이랑은 말이 안 통하면 안 하면 되는 거다. 간단한 문제다……
쐐기풀더러 찌르지 말라고 말할 수는 없는 것 아닌가?

일단 몽마르트르 거리에 들어서면, 나는 여성용 속옷 상점들 앞에서 아이쇼핑을 즐겼다. 물론 나를 위한 물건들은 없었다. 따뜻해지기를 고대하고 있었지만 여전히 날씨는 매섭게 추웠다. 아이스크림 집의 문은 닫혀 있었다. 사바용* 크림을 얹은 아이스크림이 없는 몽마르트르 거리는 내게 있으나마나였다. 나는 문 닫은 아이스크림 집을 지나 향수 가게 앞에 멈춰 섰다. 예쁜 물건들이 많이 보였다. 들어가고 싶었지만 선뜻 그러지 못했다. 그런데 가진 돈이 많지 않지만 어쨌든 루주 하나쯤은 살 수 있지 않을까 하는 생각이 들었다.

마침내 나는 가게 안으로 들어갔다. 바르면 입술이 반짝이는 루주를 하나 사고 싶었다. 여점원은 루주 몇 개를 꺼내 하나씩 보여주었다. 전부 내가 생각했던 것보다 색이 너무 진했다. 내가 결정을 못 하자, 그녀는 장미향 립크림 튜브처럼 생긴 견본품을 하나 꺼냈다. 마음에 들지 않았지만 일단 가게에 들어가서 이것저것 다 꺼내게 해놓고 빈손으로 나올 수는 없는 노릇이었다. 그래

* 달걀노른자, 설탕, 포도주, 향료를 섞어 졸여서 만든 크림.

서 나는 결국 그 립크림을 사기로 했다. 나는 돈을 지불했고, 여점원은 큰 소리로 "고마워요, 언니"라고 말했다. 나는 장미향 립크림을 들고 거리로 나왔다. 반짝이지도 않고 전혀 루주 같지도 않은 것을 가지고! 그 바보 같은 여점원은 여전히 카운터 뒤에서 미소짓고 있었다. 가게 진열장 유리를 박살내고 싶었다! 갑작스런 폭발음과 함께 불꽃이 튀며 유리파편이 쏟아지는 꼴을 보고 싶었다! 그러나 내 입에서는 아무 소리도 나오지 않았다. 봄이왔다고 믿게 한 햇살 때문이었다. 대신 내가 맞닥뜨리게 된 것은 분노였다. 왜 그렇게 빨리 분노가 찾아왔을까? 오늘 아침처럼 요 며칠 동안 분노가 나를 꼭두각시처럼 뒤흔들어놓은 이유는 무엇이었을까? 그 꼭두각시가 가장 최근에 출현한 건 지난주로 거슬러올라간다. 엄마는 냉정한 태도로 내게 수화기를 건네주었다. "자, 받아봐. 네 아빠다." 순간적으로 분노가 치밀었다. 수화기를 받아드는 순간에도 분노는 사라지지 않았다. 아주 무시무시한 분노였다…… 다른 사람들도 이럴까?

어쨌든 나는 작문숙제를 끝내서 제출했다. 구름이 잔뜩 끼어 있는 하늘을 보고 나는 뒤늦게나마 깨닫게 되었다. 헛된 희망을 품을 필요가 없다는 것을. 나는 수요일에 크리스마스 때 입었던 블라우스를 입어야겠다고 생각했다. 베로니크는 그 옷을 아직 보지 못했다. 나는 다시 기분이 나아졌지만, 완전히 풀린 것은 아니었다. 며칠 전부터 엄마의 컨디션이 좋지 않았기 때문이다. 나는 엄마의 컨디션이 좋아졌다고 느꼈는데 목요일 저녁에 엄마는 짜증스럽고 몹시 지친 표정으로 직장에서 돌아왔다. 엄마는 외투를 손에 들고 현관에 선 채로 내게 입을 맞추는 둥 마는 둥 하고는 말없이 부엌으로 들어가 찻물을 끓였다. 내가 점심을 먹고 설거지하지 않은 그릇을 보고도 신경질적으로 어깨를 으쓱해 보일 뿐 소리를 지르지는 않았다. 나는 엄마가 사무실 비서들과 다툰 게 틀림없다고 생각했다.

엄마와 직장동료들 간의 관계는 까다롭다. 싸움의 소지는 몇 주씩 잠복해 있다. 모두 상대방의 결점을 서로 솔직히 말해주지 않고, 오히려 그것을 위안으로 삼는다. 하지만 이튿날이면 다시 봐야 할 사람들끼리 매번 그럴 수도 없는 일이다. 그래서 그곳 여자들은 화낼 일을 억지로 참거나 함축적으로 표현하거나 옛날 일을 은근히 들춰내는 것으로 만족하는 것이다. 예를 들면 엄마가 재혼하지 않고 혼자 산다는 사실 같은 것이 화젯거리가 된다. 엄마의 직장 동료들은 아주 사소한 일에도 감동받은 표정을 지으면서, "요즘같이 험한 일이 많은 세상에서" 엄마가 혼자 힘으로 나를 키우는 것은 대단한 일이라며, 내가 엄마를 화나게 하는 데 천부적인 소질이 있는 아이라는 걸 엄마에게 상기시킨다. 당연한 얘기지만, 그 여자들은 시시콜콜 따지고 드는 일에 특히 관심이 많다. 대낮에 얌전히 집으로 돌아가다가 강간당한 소녀들 이야기라든가, 혼자 아이를 키우는 부모 중 누구도 예외일 수 없는 자녀들의 마약 문제, 실업 문제 등등. 내 생각은 이렇다. 그 여자들은 퇴근 후에 시달릴 남편이 없는 엄마가 아주 편할 거라고 생각하면서도 바로 그런 이유로 엄마에게 온갖 친절을 베푸는 것이다. 그러나 엄마 입장에서는 외로움을 견디기 힘든 것이라고 생각하고 있고. 그래서 오해는 계속되는 것이다. 엄마가 내게 "냉장고에 고기단자 있는데 먹지 않을래?" 하며 묻고 나서 기진맥진해서 거실 소파에 털썩 주저앉는 것을 보는 순간, 나는 또 그런 종류의 문제가 터졌구나 직감했다.

엄마는 약 십오 년 전부터 같은 직장에서 일하고 있다. 엄마의 직장은 초대장, 청첩장, 출생, 이사 따위를 알리는 카드를 만드는 작은 인쇄소이다. 인쇄공 몇 사람, 배달원 한 사람, 상품운반 전담원 몇 사람, 사무원 세 명이 일하는데, 엄마는 사무원 중 한 사람이었다. 그 세 사무원은 주요 업무를 분담하고 있다. 한 사람은 회계 업무, 다른 한 사람은 비서 업무, 그리고 영어를 좀 할 줄 아는 엄마는 외국과 지방에 관련된 업무를 담당하는 식으로. 오랜 세월을 한 직장에서 같이 지내온 그 여자들은, 이젠 서로 할말이 없는 늙은 부부처럼 아주 사소한 일, 즉 종이 끼우는 클립 때문이라든가, 아니면 여 사장이 한 여자에게는 미소를 보내고 다른 여자에게는 보내지 않았다든지 하는 일 때문에 말다툼을 하기도 한다. 물론 그들이 욕을 하거나 하지는 않지만, 클립이나 서류를 달라고 할 때의 말투만 들어도 사사건건 부딪치고 있는 듯했다. 말하자면 텔레비전 영화들, 유행 패션, 집 관리 방법, 또는 자녀 교육법 따위를 이야기할 때 그랬다. 엄마의 직장동료들은 가족 자랑을 하느라고 시간 가는 줄 모른다. 사이가 좋지 않은 시어머니, "상상도 못 할 만큼 배은망덕한" 의붓딸, 자기 아내에게 바보처럼 순종하는 아들, "건강 때문에 걱정을 끼치는" 부모들과 함께 살고 있으면서도 말이다. 이따금 엄마는 그들이 너무 답답한 사람들이라서 함께 대화를 나눌 수가 없고, 진지한 토론이 불가능하다고 불평했다. 그러나 그녀들 입장에서 보면, 딸만 하나 키우고 살림도 하지 않는 엄마는 인생에 대해 아무것도 모르는 사람인 것이다. 그런데 가장 곤란한 것은 엄마도 결국 자신이 그렇다고 생각하고 정말로 자신을 그렇게 만든다는 점이다. 그래, 남편이 있어야 더 진지한 사람이 되는 거야!

그날 저녁, 나는 베샤멜 소스*를 치고 막 식사를 하려다가 엄마가 너무 지쳐 보여서 비발디의 〈사계〉를 틀어주려고 다시 일어났

---

* 프랑스 요리용 화이트 소스. 밀가루와 버터를 살짝 볶은 흰색 루를 데운 우유에 넣고 소금, 후추, 너트메그로 양념한 것.

다. 엄마는 포개놓은 쿠션 위에 다리를 올려놓고 앉아 있었는데, 세상의 모든 피로가 구름처럼 몰려와서 엄마를 짓누르고 있기라도 한 것 같았다. 나는 옛날처럼 베갯머리에서 엄마에게 키스를 하기 위해 엄마의 머리를 들어올리려다 그만두었다. 엄마는 내가 음악을 틀어주는 것이 이상한 모양이었다. 내가 돌봐주는 것이 불편한지 엄마는 한숨을 쉬며 말했다. "리자, 네 물건들이나 정리해줬으면 좋겠구나. 온 집 안에 네 물건들뿐이잖니." 엄마는 자기가 슬프다는 고백은 죽어도 할 수 없는 거다! 그렇지만 나는 알고 있었다. 엄마가 자신의 감정을 숨기기 위해 나더러 물건 정리나 잘 하라고 부탁해봐야 소용없는 일이었다. 모든 상황이 아주 나쁘게 돌아가고 있는 게 뻔히 보이는데도 잘 돼가는 척하다니, 엄마는 너무 고통스러울 것이다.

문제는 엄마가 자기 자신을 잘 표현할 줄 모른다는 점이다. 엄마는 남들이 이러쿵저러쿵할 만한 문제에 대해서는 미리 화를 내고 맘에도 없는 거친 언행을 저질러놓고는, 사람들이 자기를 나쁘게 평가할 거라고 단정해버린다. 고모와 함께 있을 때도 그런 식이었다. 내가 어렸을 적을 생각해보면, 두 여자 사이에는 항상 문제가 생겼었다.

한번은 이런 일이 있었다. 엄마는 내가 머리를 기르도록 했는데, 고모는 아직 길지도 않은 내 사촌들의 머리를 또 자른 것이다.

두 사람은 그것 때문에 싸웠다. 고모는 긴 머리는 깔끔하지 못한 데다가 머리가 긴 여자아이는 머리 손질로 대부분의 시간을 보내게 된다고 주장했고, 엄마는 빈틈없고 책에만 코를 박고 있는 여자아이는 결국 어른 흉내나 내는 영리한 강아지밖에 안 된다고 응수했다. 하지만 엄마는 결국 내가 진지한 소녀처럼 보이도록 머리를 잘라주었다.

옷에 관해서도 둘은 끊임없이 싸웠다. 고모는 발리 상표의 신발과 로디에 상표의 스웨터를 샀다고 자랑하곤 했다. 새 신발을 사면, 하루 종일 자기 발만 내려다보았다. 마치 '발리 신발'을 신은 것이 자신이 대단한 사람이라는 증거이기라도 되는 것처럼. 고모가 신발 한 켤레 때문에 엄마보다 우월한 것처럼 뻐기는 데 자극받은 엄마는 중요한 건 상표가 아니라 물건이 예쁘냐 아니냐이고, 로디에 스웨터의 재단법이라고 면박을 주었다…… 엄마가 말을 하지 않아서 그 정도로 끝난 것이지, 실은 고모에게 로디에 스웨터는 돼지 목에 진주목걸이라고 생각하는지도 몰랐다!

책에 대해서도 사정은 마찬가지였다. 고모는 내 사촌들이 읽고 있는 책들이 내 것보다 훨씬 잘 고른 것이라는 사실을 기회 있을 때마다 엄마에게 상기시켜주려 했다. 그애들은 『톰 아저씨의 오두막집』『나일 강에서 스웨덴까지의 멋진 여행』 그리고 아룽 타지에프가 쓴 화산 이야기 같은 진지한 책들을 읽는 반면, 나는 연재

만화나 『5인조 클럽』 같은 것들을 읽고 있었다. 좀더 자라 고모에게 『트리스탄과 이졸데』를 읽었다고 자랑했더니, 자기 의견을 엄마에게 말하러 가는 것이 아닌가. 『트리스탄과 이졸데』의 어떤 부분은 절대 어린애가 읽어서는 안 된다는 것이었다. 나는 고모가 말하는 부분이 어딘지 정확히 알고 있다. 트리스탄이 마르크 왕의 침대에서 이졸데를 덮치는 장면과, 그들이 벌거벗은 채 숲속에서 나란히 누워 있는 장면이 틀림없다. 고모는 엄마가 머리 나쁜 여자라고 생각했고, 엄마는 고모가 현명하지 못하다고 생각했다. 다만 엄마는 그렇게 말하는 대신 암시를 하거나 불만스런 표정으로 대응하는 데 그칠 뿐이었다. 하지만 그런 방식으로는 절대 고모를 화나게 할 수 없다. 그 점이 바로 내가 엄마에 대해 이해할 수 없는 점이다. 엄마는 자기 방어를 할 줄 모른다. 아빠가 집을 나갔을 때도 고모는 아주 기뻐했다. 고모는 엄마의 처지를 무척 애석해하는 척하며 눈물까지 보였지만, 속으로는 아빠가 잘했고 엄마는 아빠에게 부족한 사람이라고 생각하고 있었다. 그런 식으로 엄마는 너무 고통 받았기 때문에 한참 동안 고모를 보려고 하지 않았다.

고모로부터 방어를 하는 것은 어렵지 않다. 아무리 잘난 척해봐야 고모가 머리가 좋지 않은 것은 분명하기 때문이다.

오래 전 어느 토요일 점심에 고모가 나를 집으로 초대한 일이 있었다. 고모부와 사촌들도 있었다. 고모는 나에게 항상 친절했지만, 내 사촌들은 그런 점심식사 자리에서는 고모의 말 없이는 어떤 행동도 말도 하지 않으려 했기 때문에 모두들 그다지 유쾌해하지 않았다. 게다가 얘기는 고모 혼자 다 했다.

그 토요일에, 고모는 마르그리트 뒤라스의 인터뷰가 방송되었던 '아포스트로프' 라는 텔레비전 프로그램에 대해 말했다. 마르그리트 뒤라스가 고모에게 뭘 어쨌다는 건지 난 알 수가 없었다! 고모는 마르그리트 뒤라스는 작가도 아니며, 속물 근성으로 이름을 날리고 있고, 그녀의 소설은 섹스 얘기를 빼면 읽을 게 없다고 흥분했다. 그리고 텔레비전 방송이 이왕에 작가를 인터뷰할 거라면, 프랑수아즈 말레 조리 같은 진지한 작가를 불러야 한다고 주장했다. 사촌들은 아무 반응도 보이지 않았다. 프랑수아즈 말레 조리든 마르그리트 뒤라스든 별로 개의치 않는 듯했다. 하지만 나는 한 작가가 소설에서 사랑 이야기를 했다고 해서 배척받는 것은 부당하다고 생각했다. 너무 우스꽝스럽지 않은가! 게다가 나는 마르그리트 뒤라스의 『태평양을 막는 방파제』를 읽은 적이 있었다. 불어 선생님이 우리에게 연초에 그 책을 읽어보라고 권했었다. 그 책에 섹스 이야기는 하나도 나오지 않는다.

프랑수아즈 말레 조리는 가톨릭계 작가로, 꼭 고모 같은 사람이 좋아할 바보 같은 이야기나 쓰는 작가라는 것을 나는 알고 있었다. 그래서 나는 고모를 빤히 바라보다가 말문을 열었다. 처음에는 조심스러웠지만, 차츰 흥분하기 시작했다. "마르그리트 뒤라스가 사랑 이야기를 했는지는 모르겠지만 그녀의 글은 가슴 깊이 와 닿는 감동이 있어서 읽고 싶어져요. 고모 생각에는 프랑수아즈 말레 조리가 진지한 작가일지 모르지만 누구나 따분해한다구요. 게다가 그 여자는 너무 바보 같아요." 이런 말이 말레 조리 여사에겐 부당한 평가가 될지 모르지만, 고모를 약올리는 데는 그만이었다. 고모는 하얗게 질려서 자기 접시에 코를 박더니 아무 말 없이 먹기만 했다. 그날 내가 왜 그렇게 고약하게 굴었는지 나중에도 궁금해지곤 했다. 고모는 거의 눈물을 흘릴 것만 같았는데, 나는 어떻게 내가 그렇게 쉽게 고모를 울릴 수 있었는지 이해가 가지 않았다. 아무튼 마음만 먹으면 고모도 울릴 수 있다는 것은 확실했다.

4

수요일, 나는 정오에 하교했다. 약속시간은 열두시 반이었는데, 그전에 옷을 갈아입으려면 서둘러야 했다. 재빨리 집으로 돌아와 샤워를 하고, 크리스마스 때 입었던 블라우스—베로니크가 본 적이 없는—를 입었다. (그 옷이 원래 다른 옷들보다 덜 끼긴 했지만, 앓고 난 뒤라 더 헐렁해져 있었다.) 나는 향수를 뿌리고 머리를 빗고, 다시 거울을 볼 시간도 없이 달려나왔다. 리비에르 씨 집에 도착해서 초인종을 누르자, 토마가 문을 열어주러 나왔다.

그는 눈부시게 빛났지만 나는 어둠 그 자체였다. 그는 아무 말도 하지 않고 마치 처음 보는 사람처럼 이상한 눈빛으로 나를 바라보았다. 내가 안으로 들어가자, 그는 느릿느릿 내 외투를 받아서 옷걸이에 건 다음 옷장에 넣었다. 그러는 내내 그는 나를 뚫어지게 바라보았다. 잠시 후 그가 내게 물었다.

"너 말랐다, 리자. 그렇지?"

"응, 좀 마른 것 같아요. 그런데 왜요?"

"그런데…… 더 예뻐진 것 같아서."

나는 머릿속까지 새빨개지는 느낌이었다. 우리는 베로니크와 방금 도착한 디디에가 있는 거실로 갔다. 토마는 서로 인사를 시켰다. 우리는 앉아서 얘기를 시작했는데, 마치 서로 모르는 사람들처럼(내가 이런 말을 하는 건 디디에 때문이다), 한쪽에서는 여자들끼리, 다른 한쪽에서는 남자들끼리 얘기했다. 나는 베로니크와 토마의 집에 부모님이 계시지 않을 때 점심을 먹게 된 것에 무척 놀랐다. 친절하게도 그들의 어머니는 점심 준비를 해두고 우리끼리 식사하도록 외출하신 것이다.

남자애들은 망원렌즈와 필터의 질까지 구체적으로 비교해가면서 사진의 기술적인 측면에 대해서 얘기했다. 디디에는 필터를 끼우고 찍은 사진은 원래 색이 나오지 않고 자연스럽지 못하다고 주장하는 반면, 토마는 그런 사진들이 오히려 더 매력적이라고 주장했다. 아마도 영국 사진작가 해밀턴의 사진을 두고 하는 얘기인 듯했다. 보통 땐 일상적이고 진부한 이야기밖에 하지 않던 남자애들도 여자애들 앞에서는 뭔가 전문적인 이야기를 해야 한다고 생각하는 모양이다. 그들은 갑자기 유성음 오(o)의 매력에 흠뻑 빠지기라도 한 것처럼, 여자애들이 나타나기만 하면 모토*, 포토, 마이크로, 마녜토**, 비디오에 대해 이야기를 시작한다! 어른들도 마찬가지로, 남자끼리는 무슨 문제에 대한 얘기만 한다. 정보에 관한 문제, 사무실에서의 문제, 정치문제, 경제문제 등등. 한편 그런 문제에 흥미가 없거나 끼어들 엄두를 내지 못하는 여자들은 한편에서 저희끼리 수다를 떤다. 남자들이 그런 얘기에 열을 올리는 동안, 나는 한가로이 리비에르 씨의 서가를 둘러보며 감탄하고 있었다. 서가 한쪽이 책으로 꽉 차 있었다. 물론 다른 것들도 많았다. 그림엽서, 모래장미꽃, 희귀조의 깃털, 오세아니아의 보석, 튀니지의 석고, 공작석(孔雀石), 쓰고 난 뒤 선반에 놓아두고 잊어버린 강력접착제, 접착 테이프, 만년필들까지 책꽂이를 차지하고 있었다. 예술에 관한 책들은 리비에르 씨가 선물받은 소설책 몇 권 옆에 나란히 정리되어 있었다. 온갖 잡동사니로 가득 찬 책꽂이였다. 그 옆의 책꽂이들에는 책들이 작가별로 분류되어 꽂혀 있었다. 마치 유명인의 무덤을 일주하는 듯했고, 벼룩시장처럼 한번 쭉 구경하고 싶은 마음이 들었다. 토마는 현대음악도 고전음악도 아닌, 아빠가 '수프'라고 부르는 음악을 틀었다. 나는 토마가 내 외투를 받아걸면서 했던 인사말을 되새기면

---

* 프랑스어로 '오토바이'.

** 프랑스어로 '녹음기'.

서 디디에와 그가 나누는 얘기에 귀를 기울이고 있었다. 지금까지 나는 그를 리비에르 가족의 일원이 아닌 한 사람으로 생각해본 적이 없었다. 노트르담 드 로레트 거리에서 점심식사를 하는 그를 종종 보았지만, 그때마다 그는 오빠나 아들로 가족의 한 자리를 채우고 있었기 때문에 이렇게 혼자 있는 모습을 오랫동안 바라본 적은 없었다. 그의 머리칼은 인도인처럼 부드럽고 반짝이는 검은색이었고, 길고 가는 손가락들은 약간 불안해 보였다. 나는 항상 그의 청회색 눈과 마주치는 것을 피해왔다. 이런 특징들은 한 청년을 매력적으로 보이게 하기에 충분한 것이었다. 너무 매력적인 나머지, 현관에서 내게 던지던 그 감탄할 만한 눈길을 다시 볼 수 없다면 다음부터는 아는 척하고 싶지도 않을 정도였다. 그런데 이젠 상황이 달라졌다. 나는 그에게 내가 아무것도 아닌 여자애가 아니라는 것을 보여주고 싶었지만, 사진, 유도, 배 이야기를 하고 있는 남자애들 사이에 끼어드는 것은 쉬운 일이 아니었다. 내가 대단한 여자애라는 걸 보여주기 위해서라면 더욱 그랬다. 나는 지금까지 특별한 일은 한 적이 없다. 물론 절망에 빠진 엄마를 위로하고 엄마의 얼굴에 미소가 떠오르게 할 줄은 알았다. 말하자면 잃어버린 물건을 되찾거나 잊었던 일을 다시 시작하거나 떨어진 사기를 북돋는 그런 일들…… 그러나 나는 재치 있는 타입의 여자아이는 아니다! 그들이 다시 여행 이야기를 하기 시작했을 때, 나는 놀라운 광경들을 상상하고 그들과 함께 특이한 사건들을 경험하고 여행도 했다…… 좀 부풀려 말하는 바람에, 오 분쯤 지난 후 나는 어찌할 바를 몰라하고 있었다. 그러나 거짓말을 하느니 화제를 바꾸는 법을 아는 게 더 나았다. 토마처럼 경험이 풍부하며, 르 몽드*를 읽고 이해하는 여자애라는 걸 느끼게 해주고 싶었다.

최근에 다녀온 이집트 여행에 대해서 이야기를 할 때(그도 다른 사람들처럼 피라미드를 보러 간 것이다), 토마는 자신이 특이하다고 생각한 것들에 대해서만 언급했다. 말하자면 다른 사람의 눈에는 보이지 않았을 그런 것들을. 사람들이 입은 옷의 색깔, 어느 집 안뜰에 쓰러져 있는 쓰레기통, 다리를 사수할 임무를 맡은 것처럼 아주 진지한 표정으로 다리 위를 성큼성큼 걸어가던 군인, 그런 종류의 세세한 것들 말이다. 그는 "이집트에서 다리 위를 걷고 있는 한 군인을 보았는데, 그는 그렇게 혼자 다리를 지키게 되서 지루하다는 표정이었어"라고 그저 사실을 전달하는 것만으로는 만족하지 못했다. 상세한 설명까지 해야 했다. "물론 이집트에는 군인들이 많아. 그 친구들은 어쩌나 훌륭하던지. 그런데 중동에 가면 으레 그렇듯, 아무도 없는 장소에서 혼자 다리를 지

---

* 프랑스의 대표적인 일간지.

키고 있는 군인과 우연히 마주친 거야."

사실 그런 얘기는 시시했지만, 그 말투는 여자애들과는 달랐다. 내가 이집트 여행을 갔다 와서 이야기를 했다면, '다리를 지키고 있는 군인들을 봤는데, 그들은 모자를 비뚜름하게 쓰고 끈을 느슨하게 맨 군화를 신고 있었어' 라고 외양에 치중했을 것이다. 아니면, '도대체 어떤 군대가 자기 군인들을 군복 주머니에 장식줄들을 주렁주렁 단 차림으로 다리를 감시하라고 보내는 걸까?' 하고 궁금해했을지도 모른다. 하지만 "중동에 가면 으레 그렇듯"이라든가, "그 친구들은 어찌나 훌륭하던지" 같은 표현은 결코 쓰지 않았을 것이다. 그런 표현들은 정말이지 너무 세다. 사실 "그 친구들은 어찌나 훌륭하던지"라는 말은 이집트 사람들이 이스라엘과의 전쟁에서 진 게 이집트 군대가 너무 느슨했기 때문인지도 모른다는 의미인 것이다. 그러니까 그 말은 그들이 여유 있어 멋있다는 뜻일 뿐만 아니라, 그들이 전쟁에서 패한 원인을 알아낸 자신까지 훌륭하다는 의미이기도 했다. "중동에 가면 으레 그렇듯" 하고 덧붙인 것은, 이미 그가 관광 이상의 무엇을 했다는 얘기였다! 토마가 이집트에 간 건 한 번 뿐이었지만, 그는 마치 평생을 그곳에서 보내다가 돌아온 사람처럼 굴었다! 다리 위를 걷고 있었다던 군인도 어쩌면 공항에서 카이로로 가는 관광버스 안에서 본 것일지 모른다. 나 같았으면 사막 한구석에서 그보다 더 신기하고 특이한 것들을 많이 보았을지는 모르지만, "중동에 가면 으레 그렇듯"이라거나 "그 친구들은 어찌나 훌륭하던지"라는 말은 결코 생각해내지 못했을 듯싶다. 내 이야기는 그저 종려나무, 모래언덕, 나일 강, 물항아리, 긴 흰색 튜닉 따위를 열거함으로써 그의 이야기보다 훨씬 싱거운 것이 되었을 것이다. 여자아이가 된다는 것은 정말 괴로운 일이다!

우리는 식탁으로 자리를 옮겼다. 내가 이야깃거리를 찾지 못했기 때문에, 디디에가 자기가 한 여행에 대해 이야기하기 시작했다. 베로니크가 미리 말해준 대로 그는 바다를 '누비고 다녔고', 자기가 탈 배를 스스로 만들었다. 그 작업을 위해서 그는 퐁투아즈에 헛간을 하나 빌렸다. 그는 배를 만드는 데 필요한 재료들과 형체를 갖춰가는 배를 그곳에 보관했다. 기계부품, 나무, 접착제, 페인트, 돛 등을 사기 위해 돈이 필요했으므로, 그는 여름마다 라파예트 백화점에서 점원으로 일했다. 겉만 봐서는 그에게 그런 면이 있다는 것을 전혀 예상하지 못한다. 그의 외모는 지극히 평범하다. 키는 중간이고, 수염을 길렀으며, 붉은빛이 도는 갈색 머리와 초록색 눈에 안경을 썼고, 친절한 인상인가 하면 약간 고집스러워 보이기도 했다. 그는 누가 일부러 말을 시키기 전까지는 별로 말이 없었다. 그의 전공도 바다와는 무관하다. 환경공학을 전공하는데, 2학년이었다. 그는 천성적으로 과묵한 편이었지만,

베로니크가 괜히 잘난 척한다고 아니꼬워하는 그의 여행담을 얘기할 때만큼은 누가 조르지 않아도 수다스러워졌다. 하지만 오빠의 친구이기 때문에 베로니크가 그를 칭찬하고 싶은 마음을 감추기 위해 일부러 비난하는 것인지, 아니면 단지 오빠를 난처하게 만들려고 괜히 그러는 것인지는 알 수 없었다. 아무튼 그에게 사우샘프턴(그녀는 잘난 척하기 위해서 토마처럼 '수탕퐁' 이라고 발음했다*) 항으로의 최초 횡단에 대해 이야기해달라고 조른 것은 바로 그녀였다. 디디에는 이야기를 시작했다. 처음에는 전문용어들 때문에 잘 알아들을 수 없었다. 활대, 로프**, 랄랭그***, 에스파르****, 선구(船具) 따위의 단어들은 낯설기만 했다. 그런데 얼마 후 그런 단어들에 익숙해지자, 나는 활대, 돛대, 돛, 밧줄 따위와 파도, 바람, 조수와 운을 맞출 수 있게 되었다. 디디에의 이야기는 점점 재미있어졌다. 그는 날씨가 좋은 계절에 항해를 한 덕분에(그때는 부활절이었다) 비교적 순조롭게 여행을 마칠 수 있었다. 그런데 영국 해안에 도착했을 때 날씨가 돌변했다. 안개, 비, 요동치는 바다. 단 몇 분 사이에 사방이 어둠에 휩싸이고, 해

* 영국 잉글랜드 햄프셔 주에 있는 항구도시 '사우샘프턴' 을 프랑스 식으로 읽으면 '수탕퐁' 이 된다.

** 바람을 받는 쪽의 뱃전.

*** 돛 가장자리에 꿰맨 밧줄.

**** 돛대 활대로 쓰이는 둥근 재목.

안이 사라져서 배를 댈 곳이 없어졌다! 맨 처음 선착장은 밀려드는 조수에 완전히 뒤덮였고, 선원들은 울부짖고 있었다. 디디에는 닻을 내릴 수 있는 곳이 어디인지, 선원들이 그에게 뭐라고 소리치는지 알 수 없었기 때문에 서서히 공포에 사로잡히기 시작했다. 그는 갑판에 올라가 바닷물과 빗물에 흠뻑 젖고 안경은 얼굴에서 흘러내린 모습으로 양손을 입가에 대고 절망적으로 구원을 요청했다. 그러나 전보다 훨씬 거센 파도가 밀려와서 그를 항구 안쪽의 방파제로 내동댕이쳤다. 살려주세요! 선원들이 닻줄을 잡아서 배를 단단히 묶은 뒤 그를 구출해줄 때까지 그들에게 몸을 맡겨야 했다. 탈수기에 넣어야 할 만큼 물에 푹 젖은 빨래 꼴이었다. "그때는 정말 혼자서 횡단한다는 것이 무모한 짓이었지……" 디디에는 미소를 지으면서 그렇게 이야기를 끝맺었다. "하지만 멋진 추억이었어!" 그렇게 말하니까 갑자기 그가 너무 멋져 보였다. 내게는 그런 항구 따윈 결코 매혹적이지 않았다.

내가 좋아하는 것은 멀리 보이는 항구와 겨울 바다이다. 겨울 바다에 나가서 고무장화를 신고 해변을 거니는 것도 재미있고, 오후 다섯시경 수면 아래로 가라앉는 해를 보며 "너무 멋지다"는 감탄과 함께 "정말 근사하긴 한데 너무 추워서 따뜻한 데 가야겠다"고 말하는 것도 좋다. 그러나 디디에가 사우샘프턴 항구에 도착한 이야기를 듣고 나자, 이런 낭만적인 생각이 무색해졌다. 그의 이야기가 끝나자, 우리는 다시 거실로 자리를 옮겼다. 결국 디디에는 공연히 거드름이나 피우는 허풍쟁이가 아니었다. 어떤 면에서 그는 베로니크를 떠올리게 하는 면이 있었다. 베로니크는 원래 자기 자신을 위해서 플루트를 배우고 있지만, 부탁받으면 다른 사람들을 위해서 기꺼이 연주해줬다. 잘은 모르지만, 그들 사이의 이런 비슷한 면이 그녀를 불편하게 만드는 것 같았다. 아무튼 잠시 후 그녀는 자기 문제에 나를 끌어들이려는 못난 집착 때문에 나에게 소리쳤다.

"리자, 디디에 오빠가 가자고 하면 함께 떠날 거지? 그렇다고 고백해."

디디에와 떠나다니? 내가 그 정도로 열성을 보였다고는 생각하지 않았다. 어쨌든 디디에건 다른 남자건, 나는 떠나야 할 때가 되면 아무하고라도 떠날 것이다! 베로니크가 왜 그런 질문을 했는지 알 수 없었지만, 토마는 동생이 내게 그런 질문을 하자 재미있어하는 것 같았다. 그는 살짝 벌어진 셔츠 깃 속으로 한 손을 집어넣고 빈정거리는 듯한 표정으로 그 상황을 지켜보고 있었다. 디디에의 존재로 인해 토마는 다소 즐거워진 것 같았다. 그가 어떤 일에 그렇게 관심을 보이는 모습은 처음이었다. 게다가 그가 의례적인 인사를 건넸을 뿐인데 내가 바보같이 얼굴을 붉혔기 때문에, 이제 그는 손가락 하나 까딱하는 것으로도 나를 완전히 주

눅들게 할 수 있다고 생각하는 것 같았다. 그가 나와 시선을 마주치려 애쓰는 것이 여러 번 느껴졌지만, 나는 얌전히 끼워져 있는 블라우스의 단추만 기계적으로 만지작거렸다. 그런데 불현듯 그가 나를 바라보고 있고, 그 시선이 내 마음을 완전히 꿰뚫어보고 있다는 확신이 들었다. 그래서 나는 깊이 생각하지도 않고 대답했다.

"당연하지. 디디에 오빠와 함께 떠날 수만 있다면 떠나고 싶어. 베로니크 넌 그러고 싶지 않은가보지? 끝없는 푸른 바다 위에 아무도 없이, 갈매기와 가마우지들만 날아다니는 광경은 상상만 해도 멋지잖아. 우리가 보는 세상 저 너머, 수평선 저 너머, 하늘 저 너머에도 세상이 계속 존재하는지 궁금해. 넌 안 그렇니?"

아, 얼마나 시적인가! 나는 스스로 도취되었던 것 같다. 그러나 내 목소리가 어찌나 떨렸던지 토마가 미소짓고 있으리라는 것을 확인하기 위해 고개를 들 필요도 없었다. 비온 후 날씨는 개게 되어 있다. 사우샘프턴 해변 근처에 디디에를 내동댕이쳤던 태풍은 어느새 사라지고 하늘에는 태양이 빛나고 있었다. 그가 북극의 돌풍에 대한 가슴 설레는 이야기에 빠졌다 한들 그 태양을 쫓아버리지는 못했을 것이다. 그때 나는 숨바꼭질 같은 게임을 멈추고 토마를 보았다. 그리고 나의 눈으로 그의 시선을 받았다. 나는 약간은 당황한 가운데 감동했으며, 왠지 모를 상실감과 함께 미심쩍은 마음이 들었다. 잔뜩 흥분한 내가 그의 눈에서 읽은 것은 다음과 같은 의미를 담은 듯 빈정거림이 섞인 부드러운 자신감이었다.

"요 이쁜이, 어떤 소스를 발라서 먹을지는 아직 모르겠지만 확실한 건 조만간, 아마도 멀지 않은 날에 내가 너를 잡아먹어버릴 거란 거야……"

5

정말 봄이 왔음을 알려준 징조는 유행성독감과 며칠씩 계속되는 찌푸린 하늘, 얼음같이 차가운 폭우였다. 토마, 베로니크, 디디에와 함께 한 점심식사가 까마득한 옛날 일 같기만 했다. 최근 얼마간 엄마의 건강이 좋지 않았기 때문에, 내가 장도 보고 살림을 도맡아 해야 했다. 침대 정리, 부엌일, 쓰레기 버리기, 숙제…… 눈코 뜰 새 없이 바빴다. 엄마는 빨리 일을 해치우라고 평소의 두 배로 잔소리를 했으며, 킁킁 코를 풀고 마른기침을 하며 화장지를 낭비했다. 안달하면 병이 빨리 낫기라도 할 것처럼. 사흘 동안 나는 유리잔을 하나 깨뜨리고 찻주전자를 여러 번 태워먹었다. 드디어 엄마는 화를 내기 시작했고 항생제라도 먹어야겠다고 했다. 코가 조금만 막혀도, 귓속에서 조금 윙윙거리는 소리만 들려도 너무 고통스러워해서, 나는 엄마가 이대로 죽는 게 아닌가 걱정스러웠다. 내가 엄마의 엄마라면 엄마를 침대로 보내고 외출을 금지시키겠지만, 나는 딸이니까 그렇게 말해봐야 면박이나 당할 게 뻔했다. 엄마가 너무 신경이 날카롭고 쇠약해 보여서, 주변 사람들이 엄마의 손수건이 구겨졌고 콧물이 줄줄 흐른다고 은근히 흉보고 있는 것은 아닌가 걱정이 됐다.

엄마가 내게 올 여름엔 고모와 함께 바닷가에 가서 한 달쯤 보내는 게 어떻겠냐고 제안하자 나는 엄마도 드디어 사람들의 쑥덕거림을 알아차린 거라고 생각했다. 고모와 한 달씩이나! 엄마는 정말 아픈 게 틀림없었다.

"한 달씩이나? ……하지만 엄마, 엄마한테 무슨 일이 있는 건 아니죠?"

"아무 일도 없어. 별거 아니야. 걱정하지 마. 컨디션이 좀 안 좋아서 그래. 이번 여름은 고모와 함께 보내는 것도 좋을 듯싶은데, 안 그러니?"

좋지요, 물론! 고모와 함께 여름방학을 보낸다…… 해변에서 모르는 사람들과 얘기해선 안 된다고 뾰로통한 입을 재잘거릴 그 바보 같은 여자와 함께라니…… 말도 안 되지! 엄마는 감기를 떨치고 다시 일어났고, 보름 동안 아무 일도 없었다는 듯 잘 지냈었다. 그런데 왜 오늘 또 컨디션이 좋지 않다고 하는 걸까?

갑자기 두려워졌다. 엄마가 병원에 실려가고 수술을 받고 고통스러워하는 장면과 함께, 어리석은 생각들이 꼬리를 물고 떠올랐다. 사실 나는 엄마가 조금만 아파도 엄살을 부린다는 걸 잘 알고 있었다. 그런데 내가 생각한 것보다 엄마의 과장은 심해서, 매번 그 불안의 소용돌이 속으로 함께 휩쓸려들어가곤 했었다. 애당초 엄마는 대답할 생각이 없었기 때문에, 엄마의 얼굴을 아무리 살펴도 "아무 일도 없어"라는 말의 의미가 무엇인지, 감기 뒤에 숨어 있는 병이 무엇인지 알아낼 수가 없었다. 결국 나는 포기했지만, 이따금 나도 모르게 엄마를 살피곤 했다. 보름 만에 엄마의 상태는 나아졌지만 여전히 고모와 여름을 보내라는 이야기를 꺼냈다. 엄마는 피곤하다는 말을 자주 했고, 내가 기색을 살피는 듯하면 곧 입을 다물어버렸다. 나는 두려웠고, 가끔씩 찾아오는 고뇌로 다시 안개 낀 듯한 나날이 이어졌다. 아빠가 마리 루와 함께 있을 때 그렇듯, 나는 너무 빨리 불안해졌다. 마리 루는 한번 아프면 소파에 누워서 얼굴이 누렇게 떴다는 둥 탄식하면서, 경련하듯 손수건을 쥐어짜며 계속 마른기침을 해댔다. 곧 죽을 것처럼 얼마나 난리를 피웠는지 사람들이 그녀에게 제발 조금만 더 살아달라고 애원할 정도였다. 그녀의 연기는 분명 오페라 〈라 트라비아타〉의 배우보다 훌륭할 것이다.

사정이 이렇다보니, 아빠와 함께 죄 드 폼 미술관에 간 일을 제외하고는 즐거운 일이 없었다. 비오는 일요일 아침이었다. 튈르리 공원 여기저기에 물웅덩이가 패어 반짝거리고 있었고, 막 피어나려는 마로니에 꽃봉오리들이 수줍게 흔들리고 있었다. 매서운 북풍에 아빠와 나는 외투 깃을 세웠다. 실내로 들어가자 후끈한 공기가 우리를 감쌌다. 박물관 안에서 사람들은 외투를 벗어서 팔에 걸치고 다녔다. 사람이 너무 많은 탓에 그림 앞으로 다가가려면 팔꿈치로 다른 사람들을 밀치는 수밖에 없었다.

"마룻바닥이 삐걱거리지 않게 걷기가 힘들구나."

아빠가 말했다.

"맞아요."

나는 여러 가지 의견까지 덧붙였다. 색깔이 정말 대단한데요! 조명도 환상적이구요! 정말 놀라워요, 사라지는 광선들이 자연스럽게 수평선을 향해 모여드네요! 균형 속의 유동성, 무광택의 재질, 대범함, 자유, 자신에 대한 지배, 현명함…… 그런 게 보이지 않나요?

아빠는 내 뺨을 살짝 꼬집었다.

시슬리의 〈범람기간 동안의 선박〉과 〈포르 마를리에서의 범람〉 앞에서 나는 내가 막 지나온 한 달간의 생활을 보는 듯했다. 구름 사이로 아주 멀리 보이는 유일한 푸른 점은 토마와의 점심식사였다. 나머지는 푸른 물과 안개 속에 갇혀 있었다. 물에 잠긴 것들을 다 말리려면 아주 따뜻한 봄날이 와야 할 것 같았다. 나는 베로니크와 여전히 가깝게 지냈지만, 얼마 전부터는 예전만큼 자주 보지 않았다. 이상하게도 그애의 침묵은 그애의 오빠 토마의 침묵보다 더 나를 괴롭혔다. 그랬다, 토마가 어떤 여자애라도 떨게 했을 눈으로 나를 바라보았을 때, 나는 깜짝 놀라 그 자리에서 사랑에 빠져버렸다. 그들과 점심식사를 한 후 며칠 동안 다른 생각은 할 수가 없었다. 나는 춤을 추듯 걸어다녔다. 그리고 정확히 일 주일이 지나자 좀 덜해졌고, 오늘은 다시 다른 사람들처럼 그냥 걷게 되었다. 사랑은 디저트와도 같다. 한번쯤은 즐길 만한 것이다. 나는 베로니크와 대부분의 시간을 보내면서 숙제에 대한 정보를 교환하고, 같은 사람을 미워하기도 하고 같은 남학생을 좋아하기도 했다. 그러나 그 점심식사 이후 우리의 관계는 힘든 시기로 접어들었다. 학교에서는 예의 바른 미소를, 무용학원에서는 몇 마디 인삿말(거기에 함께 다녔기 때문에 어쩔 수 없이)을 주고받을 뿐이었다. 베로니크는 나를 비웃고 있었다. 지금까지 우리는 한 남학생을 놓고 다퉈본 적이 없었다. 그러나 그애의 오빠는…… 문제가 달랐다. 그것은 매우 민감한 문제였다. 그애는 이따금씩 내게 비웃음이 섞인 시선을 보냈는데, 마치 "너도 함정에 빠진 거야!"라고 말하는 것처럼 보였다. 내가 그애에게서 토마를 훔친 것 같았다. 나는 베로니크가 어서 그 일을 잊어버리길 기다렸다.

지난 토요일, 나는 방에 붙박인 듯 앉아 우울한 마음으로 사과를 먹고 있었다. 먹고 있던 사과는 네 개째였고, 딱히 할 일도 없이 심심했으므로 다섯 개, 아니 여섯 개까지 먹어치울 수 있을 것 같았다.

주말의 무기력에 빠져버린 프로방스 거리는 배우들을 기다리는 극장 무대 같았다. 나는 화재라든지, 극적인 사건이라든지 뭔가 기상천외한 일이 벌어지길 바랐다. 그러나 거리는 평온했고, 지나가는 사람 하나 없이 매우 가라앉은 분위기였다. 엄마는 방에서 바느질을 하고 있었다. 원피스를 수선하는 중이었는데, 그 순간엔 다른 일은 전부 관심 밖인 듯 열심이었다. 엄마를 극장이나 번화가로 끌고 나가는 것은 거의 불가능해 보였다. 엄마는 수선일에 빠져 있었다. 톱니가위, 초크, 바늘, 가봉실 같은 바느질 도구들이 엄마를 중심으로 침대와 방바닥에 둥그렇게 널려 있었다. 바느질로 무슨 걸작이라도 만들려고 단단히 마음 먹은 모양이었다. 그러나 욕심이 너무 컸던 탓에 오후 내내 바느질을 하느라 지치고 짜증이 난 엄마는 결국 전체를 개조하는 것보다 조금만 고치는 편이 나을 뻔했다는 것을 인정할 수밖에 없었다. 엄마에게 뭔가 부탁하고 "응, 알았다"라는 대답을 듣는다 하더라도 당분간 엄마가 나와 같은 세계에 있는 게 아니라는 것을 나는 잘 알고 있었다. 읽을거리도 없었던 터라 따분하기 짝이 없었다. 이번 주말에는 아무 데도 갈 계획이 없었던 아빠가 심심하면 주말을 같이 보내자고 제안한 것이 생각났다.

오후 서너시쯤, 엄마의 바느질 작업을 중단시키려 해봐야 소용없을 듯해서 나는 외출하기로 마음먹었다. 지하철을 타고 코메디 프랑세즈 앞의 콜레트 광장으로 나갔다. 신선한 바람이 불고 있었고, 팔레 루아얄 공원의 철책 울타리 뒤로 냉동실에서 막 꺼낸 버터처럼 창백한 햇살이 깔려 있었다. 나는 걸음을 재촉했다. 그리고 몽팡시에 거리에 도착한 후 무거운 출입문을 밀고 들어갔다. 다 실바 씨의 집 앞을 지나 이층까지는 경쾌하게, 삼층은 약간 무겁게 올라간 뒤 숨을 가다듬었다. 초인종을 막 눌렀을 때, 안에서 들려오는 소란스러운 소리에 나는 그 자리에 얼어붙고 말았다. 고함 소리, 초조한 발소리, 흐느낌, 큰 소리로 지껄이는 욕설, 테니스공처럼 되받아치는 말대꾸 따위가 뒤죽박죽 들려왔다. 나도 모르게 팔이 축 늘어지며 한숨이 나왔다. "아니야, 이럴 순 없어! 이렇게 심하게 싸우고 있다니…… 재수 한번 좋네."

다시 내려갈 용기가 나지 않아 나는 사층 층계참에 앉은 채 두 손으로 머리를 감싸쥐고 '조용해지기'를 기다렸다. 싸움 현장을 목격한 꼴이 되었지만, 무엇 때문에 싸우는지는 알 수 없었다. 어쩌면 마리 루가 "또 당신 딸이 온다구!" 라든가 아니면 단순히

"당신 딸이라구!"라고 소리치며 내가 찾아오는 것에 대해 불평을 늘어놓았을지도 모르고, 그녀의 그런 말투가 아빠를 자극했을지도 모른다. 아니면 이사를 자주 다닌다며 아빠를 신랄하게 비난하고 있었던 것인지도. 나는 마리 루가 젊은 시절엔 너무 외로웠지만 이제는 외로움을 두려워하지 않는다고 노래부르고 다니는 것을 익히 들어왔다.

그녀는 르쿠르브 거리에 있는 작은 아파트의 다락방에서 살고 있었다. 그녀의 생활은 그녀의 마음속과 마찬가지로 잘 정돈되어 있었다. 하루 일과가 끝나면 발코니에 놓인 화초에 물을 주고 손톱을 다듬었다. 이따금씩 여자 친구와 영화를 보러 가기도 하고, 일 주일에 한 번쯤은 저녁에 15구 구청에 가서 운동을 했다. 항상 바쁜 그녀가 몽팡시에 거리에 느닷없이 나타나는 것은 교태를 부리며 아빠를 비난할 때뿐이었다. "당신 집은 너무 작아." 그녀는 한숨을 내쉬었다. 행성이 좁다고 어린 왕자에게 불평하는 꽃과 같은 목소리로 그녀는 말했다. "그래서 한 사람 이상은 살 수가 없잖아." 하지만 아빠는 아파트가 마음에 들고 다른 곳으로 이사하고 싶지 않았기 때문에 아무 대답도 하지 않았다.

그들이 또 이사 문제를 놓고 싸운 게 틀림없었다. 이사는 그들의 영원한 싸움 주제이니까. 한곳에 머무르지 못하는 아빠는 일거리를 얻기 위해 어디로든 떠날 준비를 하고 있다가, 조금이라도 기회가 보이면 떠났다. 그리고 돌아와서는 랭스 문화원 원장이 장관에게 전화를 해서 영화 필름을 보관하는 방법을 알고 있는 유능한 사람을 급히 찾았기 때문에 어쩔 수가 없었다고 우겨대며 용서를 구하는 것이었다. 정말 어쩔 수가 없었다는 듯이! 도시인이 없는 시골 도로변의 '마음에 쏙 드는' 작은 레스토랑으로 점심 먹으러 가는 것보다 중요한 일이었다는 듯, 사장 비서인 마리 루가 생각하는 것처럼 모든 일이 편지로 해결될 수는 없다는 듯. 마리 루와 편지들……

할 수만 있었다면 그녀는 내 문제에 대해서도 편지로 해결을 보려고 했을 것이다. 그녀는 그렇게 하려고 노력을 기울였고, 종종 주말에 나를 데려가겠다고 제안했다. 문제는 아빠가 나와 단둘이서만 만나고 싶어한다는 걸 그녀가 깨닫지 못한다는 점이었다. 그녀는 나를 무척 사랑한다고 주장했지만, 그녀를 좋아하지 않는 나는 그래 봐야 별로 감동받지도 않았다. "이번 주말에는 어디에 가고 싶니?" 하고 그녀가 물으면, "아줌마가 없는 곳이라면 어디라도 상관없어요"라고 대답하고 싶었다. 물론 그녀에게 상처를 줄까봐 그러지는 못했지만. 그러나 그녀가 내 신경을 건드릴 때면 이렇게 소리지를 준비는 되어 있었다. 유행에 민감한 키 큰 금발에, 빨간 루주 바른 입술로 '스포츠' 라는 단어를 발음할 때 오 발음을 유난히 크게 하고, 정원일을 할 때 앞치마를 두르며 손톱을 보호하려고 고무장갑을 끼고 일하는 여자가 내 신경을 건드린다고 말이다.

고집을 부려도 소용없는 일이었고, 우리가 서로 이해 못 한다고 해서 심각하게 문제될 것도 없었다. 더구나 그녀가 좀더 소박하고 자연스럽고 친근하고 친절했더라도 달라질 것은 아무것도 없었다. 인생의 흐름을 거슬러올라갈 수도 없고, 엄마가 버젓이 살아 있는데 없는 것처럼 무시하고 지낼 수도 없는 노릇이니까. 아빠는 마리 루를 택했지만, 나는 아니다.

어쩌면 그녀가 비난하듯 내가 정말 잔인하고 인정머리 없는 아이였는지도 모르겠다. 하지만 나는 나를 정복하려는 그녀의 노력이 쓸데없는 시간 낭비라는 것을 알고 있었다. 내가 그녀였다면 절대로 그런 짓은 하지 않았을 것이다. 그녀가 얼마나 사람을 피곤하게 하던지! 잉크로 씌어진 것이 분명한데 지우개로 지우려고 열중하는 모습은 또 얼마나 우습던지! 우리는 적이었다. 간단한 이야기였다. 그녀의 잘못도 내 잘못도 아니었다. 아빠의 잘못이었다. 그렇다고 울 일도 아니다. 이런 경우 누구나 그러듯 서로 미워하는 것을 부끄러워할 필요도 없었다. 나는 그녀가 현실을 제대로 파악하면 좋겠고, "마리 루 아줌마, 우리가 적이라는 사실을 아줌마가 인정한다면 차라리 아줌마를 조금은 좋아할 수 있을 거예요"라고 말해주고 싶었다. 그러나 나는 여전히 물웅덩이에 주

저없이 뛰어드는 어린아이 취급을 받을 뿐이었다.

마리 루는 현관문 가까이에 있었다.

"그러니까 당신이 꼭 가야 해요. 오직 당신 한 사람뿐이에요. 마르틴과 조르주가 저녁식사를 마련하는 것은 바로 당신 하나를 위한 거라구요."

아빠는 아무 대답도 하지 않았다. 뭐라 대답했더라도 들리지 않았을 것이다. 아빠는 문에서 떨어진 안쪽 큰 방에 있는 듯했다. 잠시 침묵이 이어지더니, 마리 루가 다시 분통을 터뜨리기 시작했다.

"조금이라도 관심이 있었다면 당신이 그렇게 저녁 약속을 잊어버리진 않았을 거예요. 마르틴과 조르주는 당신 관심 밖이라구요. 아니라고 하지 말아요. 그들은 영화를 하는 사람들도, 리포터들도 아니에요. 쿠르드의 운명에 대해서나, 예멘의 여성들의 삶에 대해서나, 그 밖의 내가 모르는 주제에 대해 정열적인 인터뷰기사를 쓰는 사람들도 아니지요. 그래서 당신의 주목을 받을 자격이 없는 거고…… 당신은 물론 '절대 그렇지 않다'고 하겠지요. 내가 아무것도 모르는 줄 알아요? 당신은 내가 '도미니크, 당신은 정말 외출하길 싫어하는군요. 항상 변명거리가 필요하군요' 정도로 끝냈으면 좋겠지요?"

그녀는 짜증을 냈다.

"정말 그래야겠어요? 정치 얘기를 하지 않고 한 테이블에 친구들과 둘러앉아 즐거운 시간을 보낼 순 없겠냐구요?"

"그러니까 당신 혼자 가라구."

아빠가 소리를 질렀다. (이번에는 내게도 들렸다.)

"그러면 당신이 하고 싶은 얘길 얼마든지 할 수 있을 거 아냐."

"혼자 가라구요?"

그 다음은 다시 들리지 않았다. 그들은 너무 멀리 있었다. 아빠가 저녁 약속을 잊고 있었고, 그래서 마리 루더러 혼자 가라고 했기 때문에 싸우고 있는 것 같았다. 그런 시시한 일을 가지고 싸운다는 것도 이상한 일이다. 엄마도 마찬가지이긴 하다. 내가 부엌 바닥에 흘린 비스킷 가루가 발에 밟혀 부서진다고 화를 내니까!

카를로스의 어머니가 방금 계단 청소를 했는지 왁스 냄새가 났다. 나는 할 일도 없고, 여름방학을 떠올리게 하는 왁스 냄새도 나고 엉덩이도 아파오고 해서 더이상 층계에 앉아 있을 수가 없었다. 나는 아래로 내려가 경비실 앞에 섰다. 불빛이 새어나오기에 얼른 노크를 했다. 카를로스가 문을 열러 나왔다.

"어, 너구나? 들어와. 너희 아빠 집에 안 계셔?"

"아니, 계셔. 그런데 마리 루 아줌마하고 의견이 안 맞는 일이 있나봐. 나랑 아케이드나 산책하지 않을래?"

경비실 창문들은 작은 뒤뜰 쪽으로 나 있어서 환기가 잘 되지 않았기 때문에, 나는 들어가지 않고 문 앞에서 기다렸다. 카를로스의 어머니가 23호에 사는 어느 부인의 집으로 다림질을 하러 간 터라, 카를로스는 집을 지켜야 했다. 그는 그런 사정을 간단히 설명했다.

"집주인 때문이야. 그 여자가 지금 트집거리를 찾는 중이거든. 그 여자는 엄마가 바깥일을 하지 못하게 해. 엄마는 하루 세 시간을 자유롭게 쓸 권리가 있는데도 말이야. 그래서 대비하는 거야. 경비실의 불이 켜져 있으면 그 여자가 들어올 생각을 못 하거든. 여기에서 텔레비전이나 보는 게 어때?"

나는 텔레비전을 보며 앉아 있고 싶지 않았다.

"아니야, 괜찮아. 그럼 다음에 보자. 그냥 집으로 돌아갈까봐."

카를로스가 잠시 망설였다. 아주머니는 삼 분 내로 돌아올 거라고 했다. 그는 아래쪽에서 나를 힐끗 올려다보더니 말했다.

"아무튼 나도 나가기는 해야 해. '카농 뒤 보졸레'에서 친구를 만나기로 했거든. 나랑 같이 가도 괜찮은데……"

나는 달리 갈 곳도 없었다. 마리 루가 울기 시작하고, 아빠가 한 발 양보해서 "그래, 알았어. 좋아, 그러자구" 하면서 그녀를 위로하려면 한 시간 반은 족히 걸릴 테니까. 그 난리를 치렀으니 왜 안 그렇겠는가?

6

토요일 오후 몽팡시에 거리는 조용하면서도 활기에 넘쳤다. 집을 나서기 전에 카를로스는 포르투갈어로 어머니에게 메모를 남겼다. 내가 경비실에 들어가고 싶어하지 않는 것을 눈치채고도 모르는 척하는 것 같았다. 내가 그에게 상처를 준 것일까?

"너희 어머니가 근무시간 외에 하는 일에 대해서 왜 주인이 간섭하는 거니?"

내가 걸어가면서 물었다.

"별거 아니야. 세입자들이 찾을 때 엄마가 없으면 불편한다는 거야. 너도 알다시피 실업자들도 많은데 두 가지 일을 한다는 게 좀……"

그는 주머니에서 손수건을 꺼내더니 요란하게 코를 풀었다.

“하지만 진짜 이유는 주인 여자가 경비실을 사무실로 만들고, 경비원을 대신할 인터폰을 우편함에 설치하고 싶어하기 때문이야.”

그는 손수건을 다시 주머니에 넣었다.

“하지만 우리 엄마를 해고하려면 문제가 복잡해지거든. 그래서 엄마의 잘못을 현장에서 포착하려는 거야. 주인 여자는 그 기회를 엿보고 있지. 쫓아낼 구실을 찾기 위해서.”

“너무 치사하다!”

“치사한 게 아니야. 그게 프랑스야……”

카를로스는 내 눈을 빤히 들여다보면서 대답했다.

우리는 말없이 거리를 거슬러올라갔다. 카를로스가 종종 차도로 내려가야 할 만큼 인도는 두 사람이 나란히 걷기에 너무 좁았다. 그애가 옳은지도 모르겠다. 왜 어떤 사람들은 부잣집에 태어나고, 또 어떤 사람들은 환기도 되지 않고 손님을 초대할 수도 없는 경비실 같은 곳에서 태어날까? 무의식중에 우리의 발걸음은 몽팡시에 상점가로 향하고 있었다. 우리 둘은 그렇게 지붕 아래로 걷는 것을 좋아한다. 그 건물들의 일층에는 아무것도 없었다. 그런 식으로 우리는 광장을 통과해가지 않고 팔레 루아얄 공원에 도착했다. 갑자기 그 동네 주민들과 우리만 알고 있는 마법에 의해 도시에서 시골에 옮겨온 것 같기도 했으며, 20세기에서 프랑스 귀부인들의 세기로 돌아간 듯한 느낌도 들었다. 카를로스가 방금 프랑스에 대해 내린 판단은 내가 보기엔 좀 가혹했다. 불의라는 것은 세계 어느 곳에나 존재하지만, 그 주인집 여자처럼 행동하는 사람들은 많지 않다.

우리는 아케이드 아래에 도착했다. 공원에는 많은 사람들이 와 있었다. 눈부신 햇살이 비치는 커다란 연못 위로 돌풍이 불어왔다. 산책 나온 사람들은 몸을 떨며 겨울 외투 속으로 몸을 웅크렸다. 우리는 아이들이 잔디나 꽃을 밟지 못하게 하라고 엄마들에게 훈계하는 경비원의 모습을 잠시 흥미롭게 지켜보았다. 그러나 그는 운이 없는 사람이었다. 그가 돌아서자마자, 아이들이 다시 잔디밭으로 들어갔으니까. 특히 아주 어린 아이들이 더했다. 참새 같은 꼬마들은 '출입금지' 푯말 가까이에서 짧은 다리로 깡충거리며 놀다가는 갑자기 손에 과자를 꼭 쥔 채, 새로 꾸민 화단 위로 차례로 넘어졌다.

거기서 별로 멀지 않은 보리수 화단 아래에서 어린 소녀들이 웃으면서 공놀이를 하고 있었다. 보통 때 같으면 모르는 여자애들에게 관심을 기울이진 않았을 것이다. 아이들은 등뒤에서 커다랗게 리본을 묶는 하늘색 원피스와 하얗고 짧은 양말에 에나멜 구두를 신고 있었다. 좋은 집안의 숙녀들처럼 보였다. 머리에는 바다거북 껍데기로 만든 머리띠를 하고 있었으며, 눈빛은 왠지 근엄

해 보였다. 그 눈빛이 내 가슴을 찔렀다. 그애들은 공놀이를 멈추더니 서로 쫓고 쫓기는 고양이놀이를 했다. 팔짝팔짝 뛰는가 하면 몸을 수그리기도 하고, 서로 떠밀기도 했다. 노는 데만 정신이 팔려 있는 소녀들이 다 그렇듯, 이따금 볼썽사납게 다리를 뻣뻣하게 뻗고 엉덩이를 쑥 빼기도 했다. 우아함이라고는 찾아볼 수 없었는데도, 이상하게 그애들의 무언가가 나를 울고 싶게 만들었다. 문제는 부유함만이 아니었다. 평생 잃지 않는 진지한 태도, 놀 때조차 눈빛에 나타나는 근엄함을 가지고 태어난 경우에 인생은 더 간단해지는 것인지도 모르겠다.

카를로스는 내 곁에서 어깨를 움츠리고 목을 앞으로 쑥 뺀 채 걷고 있었다. 그는 친구들과의 약속을 망치고 싶지 않았고, 그의 친구들을 모르는 나는 그를 따라가고 싶지 않았다. 나는 카를로스의 친구들을 약간 경계했다. 카를로스는 남성 우월론자를 좋아하는 경향이 있었다. 그애는 아버지의 매질을 불평 없이 받아들이는 자신을 자랑스럽게 여긴다. 그의 아버지 다 실바 씨는 아들의 잘못을 참지 못해 아무 때나 닥치는 대로 때리는 사람이다.

방금 매를 맞았는지 왼쪽 눈이 반쯤 감길 정도로 부어오르고 퍼렇게 멍이 들어 있는 카를로스를 층계참에서 만난 일도 있었다. 내가 위로하려고 애쓰는 것이 느껴졌던지, 그는 오히려 나를 위로하려 들었다.

"그까짓 따귀 두 대 맞았다고 죽지는 않으니 염려 마! 체벌이 사람을 못쓰게 만들지는 않아. 내 아이들이 어리석은 짓을 하면 나도 매질을 할 거야…… 그리고 그 사람(자기 아버지를 가리키는 말이었다)에 대한 문제라면, 기다리기만 하면 해결되겠지."

카를로스는 언젠가 자기가 아버지를 능가할 날이 올 것이고, 그때가 되면 아버지는 더이상 자기에게 명령하지 못할 것이며, 때리는 일도 줄어들 거라고 생각했다. 늙어버린 아버지는 카를로스에게 의존하게 될 것이다. 카를로스가 어린 시절에 그랬듯. 그때가 되면 카를로스가 아버지에게 복수하는 것쯤은 쉬운 일일 것이다. 그 역시 아버지가 하는 사소한 실수에도 벌을 줄 것이고, 기분 내키는 대로 협박도 할 것이고, 분풀이로 상처를 주기도 하고, 별것 아닌 일에도 화를 벌컥 내고, 아무런 말도 없이 집에 돌아가지 않을 것이다. 물론 다 실바씨는 그런 미래를 예상하지 못하고 있다. 만약 그랬다면 자신의 교육방침에 대해 다시 생각할지도 모른다.

우리는 아케이드 끝 왼쪽에 있는 리코더 가게를 막 지나쳐 갔다. 카를로스는 별로 말이 없었다. 그와중에도 나는 '카농 뒤 보졸레'에서 만날 친구의 이름이 알랭이고 국립도서관에서 일하고 있다는 것을 알아냈다. 카를로스는 그곳을 'BN'이라는 약자로 불렀는데, 우리가 보통 떠올리게 되는 비스킷 공장이 아니라 도서관을 의미하는 것이었다.*

그는 얼버무리듯 친구에 대해 약간의 설명을 덧붙였다.

"괜찮은 놈이야. 여행을 꽤 많이 다닌 친구인데, 지금은 거기서 일하고 있어. 하지만 네 맘에 들진 모르겠다."

"그건 또 왜?"

"마약을 하거든."

"아……!"

카를로스는 걸음을 재촉했다. 카농 뒤 보졸레에 도착하자, 그는 내게 말할 틈도 주지 않고 곧장 문을 밀고 들어갔다. 오른쪽 카운터에 나란히 앉은 사람들이 보였다. 그들은 잿빛 상하의에 상의 안에는 양모조끼를 입고 있었는데, 다섯시면 포도주를 한잔하러 오는 단골들이었다.

알랭은 홀 건너편의 게임기 근처에서 기다리고 있었다. 짧게 깎은 금발머리 몇 가닥이 이마에 늘어뜨려져 있었다. 그는 꽉 끼는 청바지에 헐렁한 나무딸기 색 스웨터를 입고, 푸른색 날염 무명 스카프에, 왼쪽 귀에는 귀걸이를 했다. 알랭은 내가 카를로스와 같은 동네에 사는지 물었다. 내가 주말에만 온다고 대답하자

---

* 국립도서관(Bibliothèque Nationale)의 약자 'BN'을 프랑스의 유명 비스킷 상표인 'BN'과 연결시켜 이야기하고 있는 것이다.

그 동네에 오는 것을 좋아하는지 물었다. 그는 국립도서관 주변밖에 모른다고 했다. 하지만 그도 우리처럼 몽팡시에 거리를 좋아하고, 리슐리외 거리는 더욱더 좋아했다. 점잖게 손수건에 가래침을 뱉곤 하는 고집스런 노인들을 보는 데 지치는 점심 무렵이면, 알랭은 리슐리외 거리에서 프티 샹 거리까지 걸어와 길을 건넜다. 일단 도로로 접어들어 몇 걸음 걷고 몇 계단 내려가면, 희극배우처럼 경쾌한 기분으로 몽팡시에 거리의 공원 문 앞에 다다르게 된다. 그는 아주 흥분해서 이런 식으로 자기 얘기를 늘어놓았다. 그가 마약을 한 것 같다고 카를로스가 내게 귀띔해주기도 했지만, 그의 눈은 충혈되어 있었다.

카를로스는 그와 내가 잠시 얘기하게 내버려두었다가 그를 전자게임기로 끌고 갔고, 나는 정부에 대해 불평을 늘어놓고 있는 카운터의 노인들 쪽으로 돌아섰다.

아빠라면 카농 뒤 보졸레 카페 같은 곳에는 발도 들여놓지 않을 것이다. 아빠는 그곳을 현대적이고, '몹시 더럽고' 특징 없는 곳이라고 생각했다. 아빠는 나를 보통 팔레 루아얄 극장 맞은편 몽팡시에 거리 모퉁이에 있는, 배우들이 찾는 카페로 데려가곤 했었다. 은은한 호박색 조명, 목재가구들, 고전적 스타일의 카운터와 줄리에나*. "카페라면 이 정도쯤은 돼야지." 아빠는 감탄해서 말하곤 했다. 내 친구들 중 아무도 배우들이 들락거리는 카페로 한잔 하러 갈 생각을 하지 않는 건 당연하다. 물론 토마 같은 속물은 제외하고.

토마를 생각하자 우울해졌다. 나는 그가 왜 나를 놀리기만 하고 다시 만나려 하지 않는지 궁금했다. 어쩌면 모든 여자애들을 그런 식으로 놀려먹는 건지도 모른다. 여자아이가 그런 식으로 행동했다가는 싸구려 취급을 받을 텐데…… 토마에게 전화를 하고 싶었지만 선뜻 용기가 나지 않았다. 그가 대놓고 나를 비웃을까봐 두려웠다.

그런데 갑자기 카농 뒤 보졸레의 문이 벌컥 열리더니, 마그렙** 출신의 한 소년이 들어왔다. 비쩍 마른데다 인상이 사나워 보였다. 얼굴이 크고 약간 허풍스러워 보이는 금발의 친구와 함께였다. 멀리서 그들을 알아본 카를로스와 알랭은 게임을 중단하고는 다가와 그들과 악수를 나누었다. 나는 날도 저물었으니 돌아가야겠다고 생각했다. 몽팡시에 거리에서 벌어졌을 한바탕 소동의 결과가 궁금하기도 했다. 그런데 새로 온 친구들은 어떤 사람들일까?

검은 머리에 마르고 키가 큰 친구는 타일 바닥을 소리없이 미끄

---

* 보졸레 산(産) 포도주.

** 모로코, 튀니지, 알제리를 포함하는 북아프리카 지방.

러지듯 이상하게 걸었다. 그는 가끔씩 경멸조의 미소를 띠고 사람을 뚫어지게 바라보아 상대방이 시선을 돌리게 만드는 버릇이 있었다. 나는 그들에게 다가갔다. 그때 마른 친구가 말없이 카를로스 쪽으로 고개를 돌리더니 턱으로 나를 가리켰다.

"리자야."

카를로스가 침착하게 대답했다.

소개는 그 정도로 충분했다. 그들은 서로 이야기를 나누기 시작했다. 금발이 알랭에게 추궁했다.

"그래서 넌 정말 여기에 관심 없다는 거야?"

"관심 없다고 했잖아. 난 돈이 없어."

"돈이 없다! 돈은 벌면 돼. 돈 없는 아이들이 하는 것처럼. 너희가 결심만 하면(이번에는 카를로스를 향해 말했다), 내게 아직 여섯 개가 남아 있어. 하지만 서둘러야 해. 그것들을 우리집에 계속 둘 수는 없거든."

그는 화제를 바꾸었다. 내 존재가 불편했던 모양이었다. 트론 시장이나 같이 한바퀴 돌아보자면서 그들은 차례로 자리를 떴다. 알랭이 맨 마지막으로 나갔다.

카를로스와 나 단둘만 남자 우리는 아파트로 향했다. 늦은 시간이라 공원 문은 닫혀 있었다. 바람은 한결 시원해져 있었고, 이미 사방은 어두웠다.

내가 카를로스에게 물었다.

"아랍인같이 생긴 갈색 머리는 누구야?"

"카림. 근데, 그애의 어디가 아랍 사람 같다는 거니?"

"그냥. 넌 걔에 대해서 내게 얘기한 적이 없잖아?"

"아마도……

"그럼 금발은?"

"베르트랑. 우리한테 자동응답기를 팔아먹으려는 친구야. 네가 알고 싶은 거 다 물어봤니?"

나는 입을 다물었다. 카림의 초콜릿빵 강탈 사건에 대한 이야기는 들은 적이 있지만, 베르트랑에 대해서는 전혀 아는 바가 없었다.

"그걸 어디서 구했대? 자동응답기 말이야."

"주운 거야."

카를로스는 달나라에서 온 사람 보듯이 나를 바라보더니 다시 말했다.

"그래, 이 바보야. 주웠다고!"

"그런 걸 사려는 사람이 어디 있어?"

"그 가격이면 살 사람은 있어."

"지금 네가 말하는 게 정상이라고 생각해?"

이번에 그는 나를 불쌍하다는 듯이 쳐다보았다.

"정상이라고 생각한다면? 그래, 난 정상이라고 생각해! 너는 최고 특권층으로 살고 있어. 하지만 베르트랑의 집에선 한 방에 여섯 식구가 산다구!"

"그렇게 살면 무슨 짓이든 할 권리가 있다는 거야?"

"어느 정도는. 좀 비도덕적일진 몰라도 그렇게 끔찍한 짓은 아니야, 그런 주택단지에서 일어나는 일들에 비하면."

"그래, 대단위 주택단지 말이지!"

"대단위 주택단지에서 열세 살 여자애들이 뭘 하는지 네가 알기나 해?"

"몰라!"

"오 프랑에 오럴을 하고, 십 프랑에 섹스를 해."

"믿을 수 없어."

"넌 네가 원하는 것만 믿지. 하지만 어쨌든 그건 사실이야. 베르트랑이 얘기해줬어. 그는 이브리*에 있는 주택단지에 살아."

나는 카를로스가 왜 자동응답기 얘기에서 미성년자 매매춘 얘기로 넘어갔는지 알 수 없었다. 부녀자 인신매매에 대한 공포감을 불러일으키려는 의도까지는 아니었더라도, 일단 남성 우월주의자이기 때문에 그런 식으로 내 입을 다물게 하고 싶었던 것일까?

---

* 파리 남동쪽의 구역.

"네 친구들도 그러니?"

그는 어깨를 으쓱했다.

"천만에. 걔들이 하는 짓은 이것보단 덜 위험해."

그는 눈앞에 어떤 장애물이 가로막고 있기라도 하듯 사납게 그것을 물리치는 시늉을 했다. 그날 오후에 공원에서 그랬던 것처럼.

그는 이어서 말했다.

"네가 아랍인이라는 이유로 면전에서 욕을 먹고 지하철 탈 돈조차 없다면, 어떤 식으로든 자기 방어를 할 수밖에 없지 않겠어?"

그러나 모든 사람들이 그렇게 무례한 건 아닐 것이다. 그리고 좀 걷는다고 해서 손해볼 것은 없지 않은가. 나는 큰 소리로 반박하지는 않았지만 속으로는 그렇게 생각하고 있었다.

베르트랑은 어린 시절에 매를 많이 맞아서 성격이 안 좋아졌다. 카를로스는 카림의 경우, 프랑스인들이 외국인을 싫어하기 때문에 철두철미하게 자기 방어를 하게 된 거라고 잘못 알고 있다. 그러니까 아랍인들은 우리처럼 결함을 가지거나 불량배가 될 권리도 없다는 건가? 그러나 불행한 집단이라는 사실로 모든 것을 합리화할 수는 없다. 스타로폴리 선생님은 제2차 세계대전 내내 유대인의 운명에 대해 한탄할 수는 있었지만, 그것이 낙오자가 된 것에 대한 변명이 될 순 없다. 반대로 고모는 빅토르 위고와 몰리에르의 고향에서 살고 있는 것을 대단히 자랑스러워하지만,

그런 지리적인 우연의 일치 덕분에 그녀가 영광스러워질 리는 없는 것이다. 월드컵 축구경기가 있는 날 저녁이면 프랑스 선수들이 이겼다며 "우리가 이겼다!"고 흥분해서 외치는 바보들도 마찬가지다. 왜 어떤 사람들의 업적이나 순교가 다른 사람들의 영광이 되는가?

나는 카를로스를 똑바로 보면서 말했다.

"우리 반에 공부를 아주 잘하는 셀리마라는 아랍인 여학생이 있어. 내가 그애 입장이라면, 같은 아랍인이라는 이유로 바보 같은 애를 나와 비교하려는 사람이 정말 가증스러울 거야."

"그렇겠지. 하지만 셀리마는 여자잖아……"

카를로스가 약간 신경질적으로 내 말을 가로막았다.

"그게 어쨌다는 거야?"

"카림은 남자거든."

이렇다니까! 카를로스의 반응은 항상 이런 식이다! 셀리마가 여자라는 사실이 모든 걸 설명해주는 것이다. 여자들은 할 일이 그것밖에 없기 때문에 학교 공부를 잘하는 것이고, 여자이기 때문에 남들에게 쉽게 받아들여지는 것이다. 여자들은 아무도 위협하지 않고, 남의 일을 빼앗지도 않고 불량배가 될 염려도 없고, 얼굴만 예쁘면 프랑스 남자에게 사랑받는 게 별로 놀랄 일도 아니다! 하지만 남자는 다르다는 것이다. 카를로스와는 항상 이런 식으로 결론이 난다. 남자의 경우는 사정이 다르다는 것으로. 그애의 꽉 막힌 사고방식은 상상을 초월할 정도다. 프랑스에 살면 고집만 세어지는 건지 원…… 어쨌든 그런 면에서 카를로스는 머리끝부터 발끝까지 철저히 포르투갈인이다!

우리는 냉담하게 서로 바라보았다. 카를로스와 말다툼을 하고 나니 저 꼭대기에서 한창 싸우고 있을 아빠와 마리 루가 생각났다. 나는 아무도 보고 싶지 않았다. 바느질감에 파묻혀 정신나간 듯 앉아 있을 엄마를 생각하면, 늦은 시간이었지만 집으로 돌아가고 싶지도 않았다.

아파트에 거의 도착했을 때, 골동품 상가의 광고판이 바람에 흔들리면서 삐걱거리는 소리가 들렸다. 우리는 그 밑으로 지나갔다. 카를로스가 출입문을 열었고, 나는 뭐라고 중얼거리는 그의 목소리에 귀를 기울였다. 그때 그가 다시 분명하게 말했다.

"아무튼 넌 다른 애들과 마찬가지야. 인종차별주의자라고!"

나는 기가 막혀서 할말을 잃었다.

"내가…… 인종차별주의자라고? 말도 안 되는 소리. 너 혹시 머리가 이상해진 거 아니야? 무슨 근거로 내가 인종차별주의자라는 거지? 너야말로 인종차별주의자 아니니? 여자들에 대한, 미안하지만, 더러운 성차별주의자! 그래, 그게 바로 너야. 그거야말로 진짜 인종차별이라구! 무조건 인종차별주의자로 몰아세우면 그만이란 말이지! 너랑 의견이 다른 사람은 그때부터 인종차별주의자가 되는 거구나."

"나는 네가 인종차별주의자라고 생각한다고 했어. 그뿐이야. 자, 이제 난 집에 가야겠다."

카를로스가 말했다.

"내가 왜 인종차별주의자야?"

"네가 아무리 모든 사람들에게 친절하려고 애써도 소용없기 때문이지. 넌 돌아서서는 그렇게 생각하지 않거든."

"그럼 내가 남몰래 다른 생각이라도 한다는 거야?"

경비실 앞에 도착하자 카를로스는 내게 입을 다물라는 신호를 보냈다. 그는 자기 어머니가 우리 이야기를 들을까봐 두려워했다. 잠시 침묵이 흐른 후, 그는 곤란하다는 표정으로 머리를 긁적였다.

"자, 우리 그런 문제로 싸우지 말자. 네 아버지나 위로해드려."

그는 이렇게 말하고 혼자 들어가버렸다.

남을 공격하고 떠나버리는 것은 쉬운 일이다. 나는 주먹을 꼭 쥔 채 호주머니에 넣고는 힘없이 층계를 올라갔다. 눈물이 쏟아지려 했지만, 손수건도 없었다. 층계에서는 왁스 냄새가 진동했다.

초인종을 누르자 아빠가 문을 열어주러 나왔다. 머리는 온통

헝클어져 있고, 어깨는 셔츠 소매 속에 축 처져 있었다. 아빠는 나를 보고 몹시 놀란 듯했다.

"오후에 오기로 하지 않았었니? 너무 늦지 않았어? 뭘 하느라고 늦은 거야?"

"카를로스하고 있었어요. 아케이드 아래로 산책을 갔었어요."

아빠는 왜 내가 인사를 하러 올라오지 않고 카를로스의 집으로 갔는지 묻지 않았다. 몹시 지치고 의기소침한 모습이었다. 아빠는 나를 들어오라고 해놓고는 뭔가 잃어버린 사람처럼 방 안을 빙빙 돌기 시작했다.

"아케이드 아래에 갔었다고? 거기에서 그렇게 오래 있었단 말이야? 뭐 좀 마실래?"

"카를로스의 친구들과 함께 음료수를 마셨어요."

"그럼 밖으로 나가서 뭐 좀 먹을까?"

마리 루가 나간 지 얼마 되지 않은 것 같았다. 그녀가 잊어버리고 간 스카프가 의자 등받이 위에서 가볍게 펄럭이고 있었다. 일부러 두고 갔는지도 모른다. 그녀는 아빠의 집에서 조그만 것이라도 자기 물건을 발견하는 걸 좋아했으니까. 아빠는 할 얘기가 있는지 레스토랑으로 가자고 했지만, 결국 전화기 옆을 떠나지 못했다. 나는 냉장고 문을 열어보았다. 토마토 몇 개, 오이 한 개, 소시지 조금. 혼자 사는 남자, 아니 두 사람이 먹을거리는 그것이 전부였다. 나는 요리를 시작했다. 하지만 마음이 편치 않았다. 카를로스에게 인종차별주의자 취급을 받았기 때문이다. 그렇게 생각하다니 그애는 정말 바보 같다. 토마토를 자르다가 두 손이 토마토 범벅이 되고 말았다. 아빠는 식기들을 가져가는 것을 잊어버려 세 번이나 왔다갔다했다.

마침내 우리는 각자 접시에 샌드위치를 담고 나란히 같은 자세로 텔레비전 앞에 앉아, 슬픈 눈으로 삼류영화를 보기 시작했다.

7

몇 주 동안 토마에게서는 아무 소식도 없었다. 그러던 어느 날 오후 나는 거의 체념한 채, 내가 꿈을 꾼 것이며 그가 내게 특별한 시선을 보낸 게 아니고, 설령 그랬다고 하더라도 많은 여자들과 어울리면서 이미 그랬다는 것조차 잊어버렸을 거라고 생각하기 시작한 참이었다. 그런데 바로 그때 그에게서 전화가 왔다. 그날 역시 토요일이었다.

"리자?"

"누구세요?"

"토마야."

그는 장난기 없이 침착하게 자기 이름을 말했다. 오랜 침묵 끝에 오늘 전화하는 것이 조금도 놀랄 일이 아니라는 듯, 심각하고 진지한 목소리로 자신의 이름을 대는 것 이상 무슨 말이 필요하냐는 듯이. 토마야. 그보다 더 간단한 말이 또 어디 있겠는가? 그렇다. 그런데 내 가슴이 뛰기 시작했다. 그는 영화관에 함께 가자고 했다. 처음에는 베로니크와 함께 가려고 했는데, 그앤 감기에 걸려서 집에서 쉬고 싶다고 했단다.

"갠 멍청이야. 그런 영화를 놓치다니. 글쎄 〈아기 기르기〉*를 안 본다는 거야! 나랑 에세 스튜디오로 그 영화 보러 가지 않을래?"

보러 가지 않겠냐구? 에세 스튜디오로 토마와 영화를 보러 간다? 너무 꿈같은 얘기라서 나는 제대로 대답도 못 했다.

"시간이 되니까…… 거기에서 바로 만나죠 뭐……"

"여섯시에 보자. 끝나면 뭘 좀 먹으러 가면 되겠네. 그러고 나서 내가 널 집까지 데려다줄게. 그렇게 하겠다고 어머니께 말씀드려."

그렇게 말하고 그는 전화를 끊었다. 나는 잠시 정신을 가다듬었다. 긴장이 풀리면서 꼼짝도 할 수가 없었고, 마치 낮잠을 자고 난 후 덧문을 열었을 때처럼 눈이 부셨다. 엄마는 옆방을 오가고 있었다. 지금 엄마에게 말을 해야 한다. 어떻게 말을 꺼낼까? 적당한 말이 떠오르지 않았다. 전교생과 선생님들 앞에서 연극 공

---

* 미국 영화감독 하워드 혹스가 1938년에 감독한 코미디 영화.

연을 했던 날이 생각났다. 그때 난 갑자기 아무 생각도 나지 않아 멍해졌었다. 머릿속에서 맴도는 단어들을 잡을 수도 발음할 수도 없었고, 내 손가락 끝과 발끝 이상으로 시야를 넓힐 수도 없었다. 관객들이 곧 화를 낼 것만 같았다. 노력해야 했지만 제대로 되지 않았다. 내가 할 말은 사라져버렸다. 어디로 날아가버린 건 아닐 텐데. 기억의 창고 속으로 사라진 것도 아니고…… 찾아야겠는데, 나는 거의 실성한 사람처럼 아무것도 찾을 수가 없었다. 내가 모르는 낡은 기계 같은 인간이 있을 뿐이었다. 낡은 기차처럼 낡은 기계가 말하고 있었다. "난 할 수 없어, 난 할 수 없을 거야, 난 할 수 없어, 그렇게 안 될 거야, 난 할 수 없을 거야…… 너무해, 너무한 일이야, 난 할 수 없어, 난 안 될 거야……" 그리고 침묵. 모든 것이 무너져내리는 느낌. 아무런 기억도 생각도 없고, 더이상 나는 존재하지 않는다. 다만 여전히 불안한 상태로 날아가고 흩어지는 먼지가 있을 뿐. 아, 이 고뇌!

다행히 다른 친구들이 연극을 이어갔다. 나는 거의 틀리지 않고 그 장면을 끝냈지만, 자랑할 것은 없었다. 〈여학자〉* 공연을 생각하면 성공적이었다! 막이 내린 후 나는 무대 뒤에 있었는데, 그 상황이 얼마나 어리석고 부조리하게 보였던지 그만 울고 싶어졌

---

* 프랑스 극작가 몰리에르의 5막 운문 희극. 유복한 상가의 여주인 필라망트와 그 딸들이 엮어가는 한바탕 소극을 그렸다.

다. 그것은 두려움이었던 것 같다. 지금도 나는 겁에 질려 있다. 내게 엄마는 설득하기가 유난히 까다로운 관객인 만큼 더욱더.

엄마는 진공청소기로 방청소를 하는 중이었다. 내가 토마와 함께 외출하겠다고 말하자, 처음에 엄마는 별다른 반응을 보이지 않았다.

"베로니크도 같이 가니?"

엄마는 대수롭지 않다는 듯 물었다.

"아뇨. 베로니크는 감기에 걸려서 밖에 안 나가려고 한대요."

엄마는 진공청소기 호스를 카펫 바닥에 내려놓더니 전기코드를 뺐다.

"그럼 토마랑 단둘이 간다고? 놀랄 일이구나."

"아뇨, 놀랄 것 없어요. 베로니크가 가기 싫다고 해서 그렇게 된 것뿐이니까."

엄마는 믿을 수 없다는 눈초리로 나를 훑어보았다. 엄마는 손가락으로 자꾸 머리를 쓸어내렸는데, 귀 뒤로 머리를 넘기려 했지만 너무 짧아서 귀에 걸리지 않았다. 나는 영화관에 가는 것을 허락해줄지 초조한 마음으로 엄마를 바라보았다. 엄마는 입을 꾹 다물고 있었다. 루주가 입 가장자리의 잔주름까지 번져 있었다. 그것 때문에 엄마가 더 늙어 보여 나는 마음이 아팠다. 엄마는 잠시 생각하더니 말문을 열었다.

"얘야, 널 보내도 될지 도무지 모르겠구나. 토마가 너와 베로니크 둘 다 데리고 간다면 반대할 이유가 없어. 하지만 여자애 혼자서 남자애와 나가면 어떻게 될지 눈에 훤하거든."

"하지만 엄마, 상대는 토마 오빠예요."

"그래, 토마야. 그렇다고 뭐가 달라지니? 그애도 다른 남자애들과 다를 게 없잖니? 또 토마는 너보다 훨씬 크고, 네 또래도 아니잖아."

"내 또래가 아닌지는 몰라도, 베로니크의 오빠니까 그냥 친구예요. 내가 남자친구와 외출하는 것이 그렇게 이상한 일인가요?"

"안 봐도 훤하거든"이라는 말은 나를 결국 화나게 만들었다. 일이 어떻게 끝날지 알다니 엄마는 나보다 현명하다. 더구나 토마와 함께일 때!

"아무튼 엄마는 네가 외출하는 거 반대다."

"하지만 이미 약속했는 걸요."

"취소한다고 전화하면 되잖니."

"아, 그건 안 돼요!"

엄마는 놀라서 나를 쳐다보았다. 내 목소리가 너무 단호해서 약간 당황한 듯했다. 그러자 엄마의 눈에 눈물이 비치는가 싶더니 얼굴에 고통스러운 경련이 일어나며 속눈썹이 파르르 떨렸다. 나는 너무 가슴이 아파서 하마터면 엄마에게 양보할 뻔했다. 하지만 곧 마음을 진정시키고 부드러운 목소리로 말했다.

"엄마, 내 얘길 좀 들어주세요. 리비에르 아줌마에게 한번 물어보세요. 그분 아들이니까 잘 아실 거 아니에요? 자기 아들은 신중하고 조심스럽고, 내 나이 또래의 남자애들처럼 경솔하지 않다고 할 걸요. 아무 일도 없을 테니 걱정 마세요."

"리비에르 부인에게 물어볼 필요도 없다. 내 말이 무슨 뜻인지 네가 일부러 모른 척하는지는 모르지만……"

엄마는 잠시 머뭇거렸다. 내가 리비에르 부인 얘기를 꺼냈기 때문에 내 쪽이 우세해졌다. 엄마는 항상 다른 사람들이 자기에 대해 어떻게 생각할까 염려하는 사람이다. 그렇기 때문에 내가 지금 약속을 취소한다고 토마에게 전화를 한다면, 자신이 '딸을 시집보내는 데 안달난 엄마들' 처럼 일어나지도 않은 일을 상상하고 있는 것처럼 보일지도 모른다고 생각하는 듯했다.

연극은 성공이었다! 이제 영화가 끝나고 바로 들어오지 않아도 된다는 허락만 받아내면 됐다.

"저녁 걱정은 마세요. 포부르 몽마르트르 거리에 있는 맥도널드에서 사먹고 올게요. 토마 오빠가 날 데려다주겠다고 엄마에게 말씀드리라고 했어요. 일찍 돌아온다고 약속할게요."

엄마는 이의를 제기하지 않았다. 지쳐 보였다. 나는 기쁨을 감추지 못했다. 엄마는 다시 같은 소리를 했다.

"엄마는 너랑 생각이 다르다, 리자. 네가 이미 약속을 했다니, 필요하다면 나중에 다시 얘기하자."

나는 절대로 늦지 않겠다고 다시 한번 엄마에게 다짐했다. 나는 억지로 엄마의 어깨를 잡아서 앉히고 뽀뽀했다. 그러나 엄마는 계속해서 남자애와 여자애 사이의 "안 봐도 훤한" 일을 생각하고 있는 것 같았다. 갑자기 엄마가 너무 슬퍼 보였다. 엄마는 왜 그렇게 복잡한 걸까. 이따금 엄마는 나를 자기 삶의 증인으로 삼으려 하고, 자기 자신이 그랬더라면 좋았을 뻔했던 일들을 충고해준답시고 나를 고통스럽게 하고 괴롭혔다. 또 전혀 예상치 못한 순간에 엄마가 아주 불안정한 미소를 띠고 있어서, 어쩔 수 없이 따라 웃어야 할 때도 있었다. 카를로스도, 베로니크도 상황은 나와 다를 바 없었다. 우리는 모두 부모님을 너무 사랑하니까.

아무튼 엄마는 과장하고 있었다! 남자애들의 머릿속에 여자애들을 덮칠 생각뿐이라니! 비열한 놈들은 그렇겠지. 하지만 토마처럼 착한 남자애들은 어린 시절에 사랑을 듬뿍 받았으니까…… 그런 짓을 하긴 어렵지 않을까? 게다가 엄마는 누가 나와 관계를 갖느냐는 사실 신경쓰지도 않으면서, 다만 내가 엄마를 놔두고 놀러 나간다는 사실을 참지 못하는 것이었다. 하지만 나도 자라고 있는 나 자신을 어쩔 수 없다…… 토요일마다 엄마나 아빠와 함께 보내는 일은 지금으로서는 계속될 것 같았다. 그러나 주말에는 할 일이 많았다. 힘든 한 주를 시작하기 전에 가족과 같이 있는 것보다 더 중요한 일이 많다는 것이다. 나는 사람들이 그런 것들에 만족하는 것을 이해할 수 없었다. 나는 집을 나서면서 재킷 깃을 세우는 사람을 좋아한다. 주문받은 음료를 쟁반에 잔뜩 얹고 지나가는 카페의 종업원들을 좋아하고, 영화관 앞에 길게 줄을 선 사람들 위에 내리는 어둠을 좋아하고, 포부르 몽마르트르 거리의 네온사인을 좋아하고, 조명을 환히 밝힌 레스토랑의 홀을 좋아한다. 그런 광경들이 내게 주는 흥분을 즐긴다. 나는 내가 집에만 붙어 있을 아이가 아니라는 것을 잘 알고 있었다!

나는 한 번에 네 개씩 계단을 달려내려간 후, 콧노래를 부르며 라파예트 거리를 거슬러올라갔다. 뷔포 거리에 도착했을 때는 날이 저물고 있었다. 에세 스튜디오의 조명등이 막 켜졌다. 나는 많은 사람들 속에 섞여 있는 토마를 금방 알아보았다. 그는 긴 베이지색 레인코트의 깃을 세워 입고 있었다. 그가 캐리 그란트*라도 되는 양 내 몸이 떨렸다. 극장 앞에 길게 늘어선 사람들 가운데 나를 기다리는 소년이 조명 불빛 아래 정말로 서 있는 것이다. 나는

---

* 1950, 60년대에 전성기를 구가하던 영국 출신의 할리우드 배우. 〈북북서로 진로를 돌려라〉〈오명〉 등의 영화에 출연했다. 리자와 토마가 보러 간 〈아기 기르기〉에 주연배우로 연기했다.

그에게 달려갔다. 그는 나를 보고 미소지었다.

"네가 오지 않을까봐 걱정했어."

그가 나를 포옹하면서 속삭였다.

"그럴 뻔했어요."

"어머니가 못 나가게 하셨어?"

나는 거기에 대해서는 대답하지 않았다.

"오래 기다렸어요?"

"응. 다음주 프로그램을 보고 있었어. 루비치 페스티벌이 열린대. 거기에 가려구. 자, 저기 〈천국의 사도〉*의 스틸 사진들이 있어. 보러 가자."

우리는 어젯밤에 헤어진 사람들처럼 얘기하고 있었다. 하긴 우린 아주 오래 전부터 알고 지내는 사이였다…… 우리가 그곳에 함께 있다는 것 자체가 그리 특별한 일은 아니었다. 큼직한 레인코트를 입은 그가 멋져 보인다고 생각해보려 해도, 그가 삼 주 전에 내게 지은 그 미소 — 펜으로 그린 듯 아름다운 입술에 섬세한 표정을 드러내는 — 를 지어도 그는 내가 알고 있는 토마였다. 나는 토마 역시 나와 비슷하게 느끼고 있는지 확인하고 싶어 팔꿈치로 그를 찔러보고 싶은 마음이 가득했다.

---

* 워렌 비티와 벅 헨리가 감독한 1978년 작 영화. 갑작스런 교통사고로 죽은 미식 축구광 조가 천국과 현세를 오가는 해프닝을 그렸다.

전회 관람객들이 나오기 시작하자 우리는 곧 상영관 안에 들어갈 수 있었다. 자리를 잡자마자 토마가 내 어깨를 꽉 잡으며 말했다.

"두고 봐, 좋은 영화야."

"벌써 봤어요?"

"아니, 『카이에 뒤 시네마』*에서 영화평을 읽었거든. 하워드 혹스의 뛰어난 코미디 영화 중 하나래."

나는 하워드 혹스의 영화를 하나도 보지 못했을 뿐만 아니라, 『카이에 뒤 시네마』라는 잡지도 알지 못했다. 내겐 토마가 내 어깨를 잡았고, 계단을 내려갈 때 우리가 서로 허리를 끌어안았다는 게 더 중요했다.

그가 옳았다. 〈아기 기르기〉는 정말 멋진 영화였다! 캐서린 헵번은 얼마나 기품 있는지! 캐리 그란트의 사랑은 또 어떻고! 두 사람의 못 말리는 익살도 대단했다! 왜 인생은 이 영화에서처럼 발랄하고 눈부시고 생기 넘치지 못한 걸까? 자연사박물관에서의 마지막 장면. 공룡 뼈대 위의 발판에 걸터앉아 있는 캐리, 뼈대가 무너져내리자 다시 한번 침통해하는 캐서린, 그 순간 캐리 그란

---

* 프랑스의 유명한 영화잡지.

트의 얼굴에 나타난 우스꽝스러운 체념의 표정, 결국 두 팔을 내밀고 나누는 마지막 키스. 정말 못 말리게 웃겼다! 그에 비하면 다른 것은 모두 시시해 보였다. 영화관에 가기 전에는 그렇게 좋아 보이던 맥도널드까지도.

"정말 굉장한 여자야, 안 그래?"

토마는 캐서린 헵번에 대해 감탄을 연발했고, 나는 질세라 캐리 그란트를 칭찬했다.

"이제 뭘 하지? 맥도널드로 갈까, 내 집으로 갈까?"

그가 내게 물었다.

"오빠 좋을 대로 해요."

"그럼 우리집에 가자. 늦게까지 문을 여는 그리스 상점이 있어. 지나는 길에 거기서 뭘 좀 사가지고 가면 되겠지."

카데 거리 아래쪽은 흰 네온사인 불빛으로 대낮같이 밝았다. 우리는 가게에서 산 물건들을 한아름 안고 토마의 집으로 가 작은 부엌에 그것들을 내려놓았다. 나는 이곳에 베로니크와 함께 온 적이 있었다. 침대와 책상이 갖춰져 있으며 바닥에 푸른 양탄자가 깔려 있고, 여기저기 음반들이 널려 있는 그 이 인용 아파트가 멋져 보인 것은 토마가 혼자 사는 게 부러워서였는지도 모른다. 우리는 식탁 위에 올리브와 타라마*를 올려놓고, 잔뜩 흥분해서 유리잔과 접시와 식기세트를 꺼내기 시작했다.

나는 냉장고 문을, 토마는 찬장 문을 열다가 서로 부딪쳤다. 갑자기 그런 식으로 무의식중에 서로 몸이 닿자 영화관에 들어가던 순간이 떠올랐고, 어느새 우리는 서로의 품 안에 있었다. 어색한 표정으로 서로 바라보다가, 토마가 말했다.

"넌 순수해……"

"뭐라고요? 순수하다니?"

나는 자세를 바로 하면서 물었다.

토마는 여전히 찬장 높이로 팔을 쳐들고 있었다. 그러나 내가 자세를 바로 하자, 내 머리는 그의 머리와 거의 같은 높이에 있게 되었다. 나는 흥분되고 놀란 표정으로 입을 약간 벌린 채 그를 바라보았다. 그때 그가 몸을 숙이면서 "이렇게"라고 중얼거리며 내 입술에 키스했다. 그의 팔은 다시 내려오더니, 내 어깨, 등, 허리로 내려갔다. 그는 나를 힘차게 끌어안았다. 너무 세게 안는 바람에 키스하는 동안 내 배에 그의 허리띠 버클의 감촉이 느껴졌다. 그의 입 안은 대지처럼 촉촉했다. 그런 느낌의 키스는 그때가 처음이었다. 이따금 재미로 남자애들과 입술만 맞대는 키스를 해본 적은 있었다. 그러나 오늘처럼 진짜 남자의 몸을 품에 안아본 것은 처음이었다. 남자의 몸은 내가 상상했던 것보다 더 근육질이었

* 생선알, 올리브유, 레몬을 기본으로 하는 요리.

고 더 유연하고 더 향기롭고 더 섹시하고 더 부드러웠다. 토마는 포옹을 풀고는 한숨을 내쉬며 꾸며낸 듯한 슬픈 어조로 말했다.

"이제 저녁 먹자."

"그래요."

나도 그와 같은 어조로 대답했다.

"자, 널 데려다줘야 하니까 서두르는 게 좋겠다."

그러나 내가 그의 목에 팔을 두르고 있어서 그는 움직일 수가 없었다. 그는 내 스웨터 속으로 손을 집어넣고 나를 애무하면서 배고프다고 신음했다. 그는 내 귀를 깨물면서 속삭였다.

"그만 해, 리자. 그만 해, 그러지 않으면……"

"그러지 않으면요?"

"그러지 않으면, 튀로 부인이란 사람과 문제가 생길 거야. 그리고 십중팔구 리비에르 부인이란 사람과도 문제가 생길 거고."

"상관없어요!"

"그래도 문제는 달라지지 않아. 그리고…… 난 배가 고프다구!"

결국 그는 내게서 몸을 빼냈다. 타라마는 너무 짰고 포도잎은 약간 말라 있었지만, 빵은 맛있었다. 나는 토마가 자기 엄마는 물론이고 남의 엄마에게까지 충격을 주고 싶지 않다며 착한 아들인 척 연기하고, 어떤 상황에서도 완벽한 신사인 양 행동하는 이유를 이해할 수 없었다.

나는 캐서린 햅번처럼 그의 소심한 마음을 잊게 할 만한 재능이 없었다. 불행히도 그도 그것을 알고 있었다. 어쩌면 그렇기 때문에 그가 현명한 것인지도 모르겠다. 갑자기 그가 형편 없는 녀석으로 느껴졌다. 잠시 후, 나는 그가 정말 고단수라는 것을 알았어야 했다고 생각했다. 내가 말없이 있으니까 그가 물었던 것이다.

"날 원망하니?"

"아뇨."

"나를 너무 사랑하지는 않을 거지?"

"네, 절대…… 왜요?"

그는 도발적인 미소를 머금고 나를 바라보며 말했다.

"난 열다섯 살이 아니고 성실한 사람도 아니야."

"그건 오빠가 벌써 내게 말한 거잖아요. 마르티르 거리를 내려갈 때. 우리가 베로니크와 함께 무용학원에서 돌아오는 길에요."

그는 말을 가로막고 나섰다.

"그래서?"

"뭐 그냥 그렇다는 거예요. 내가 별로 놀라지 않았다는 말을 하려는 것뿐이에요."

그는 웃음을 터뜨렸다.

"넌 정말 특이한 애야."

그는 고개를 끄덕이고는 이렇게 덧붙였다.

"자, 시간 됐다. 데려다줄게."

우리는 밖으로 나왔다. 우리가 헤어질 때, 그는 "또 만나"라고 중얼거리면서 다시 내 입술을 찾았다. 나는 그가 원하는 게 뭔지 알 수 없었지만, 더이상 아무것도 문제 삼고 싶지 않았다.

8

낮이 점점 더 길어지면서 날씨도 따뜻해졌다. 생 조르주 광장의 철책 뒤로 녹음이 짙어지고 있었다. 나뭇가지들은 아직 연약했지만 가벼운 바람에도 흔들리며 이따금씩 나뭇잎 부딪치는 소리를 냈고, 날아가는 새소리도 들렸다. 아침마다 학교에 도착하면 티티새 소리도 들을 수 있었다. 베로니크는 더이상 나를 원망하지 않았다. 물론 그애는 내가 자기 오빠와 단둘이 극장에 간 것을 모르는 척했고, 수업이 나와 같은 시간에 끝나는 날이면 다시 나를 기다리기 시작했다.

점심 때면 언제나 우리는 쪽지를 주고받았다. 어느 날 베로니크가 건넨 쪽지에는 학교에서 나는 냄새에 관한 말이 적혀 있었다. "그 냄새는 고양이 오줌과 어린아이 땀과 눈물 사이에 존재하는 냄새야. 지하철의 미지근한 플라스틱 의자처럼 들척지근하면서도 역겹지. 그 냄새는 끝없는 슬픔이고, 영원해." 나는 뭐라고 답장을 해야 할지 알 수 없었다. 이상해 보이기는 했지만, 그게 바로 베로니크다운 면이었다. 때론 아름다워 보이기까지 하는 기이함과 걱정스러울 정도로 신중한 모습.

바로 그날, 우리 앞에 낡은 셔츠를 입은 채 떨고 있는 5학년 남학생이 있었다. 그는 계속해서 코를 훌쩍거렸고, 끈적거리는 기름기로 떡진 머리는 구역질날 정도였다. 그때까지 우리는 조용히 공부를 하고 있었는데, 갑자기 베로니크가 고개를 들더니 말했다. "저애는 아파. 열이 있어." "그래, 집에 가는 편이 낫겠어"라고 내가 말했다. 그런데 베로니크는 소년을 바라보더니 조용히 내게 말했다. "집에 가봐야 돌봐줄 사람이 없을걸." 나는 하마터면 "네에, 리비에르 선생님. 선생님의 진단 결과이 그러시다구요?"라고 말할 뻔했다가 입을 다물었다. 베로니크는 다시 한번 나를 앞지른 것이었다. 나는 아무 생각 없이 그저 숙제만 하고 있었는데, 그녀는 숙제를 하면서도 모든 것을 파악하고 있었던 것이다.

카를로스도 이제 나를 원망하지 않았다. 지난 목요일에 그애가 학교로 날 찾아왔다. 몽팡시에 거리에서 생 조르주 광장까지는 꽤 먼 거리이기 때문에, 나는 카를로스가 오리라고는 생각지도 못했다. 그는 나를 보면서 어색한 미소를 지었지만, 내가 달려가서 포옹하자 얼굴이 환해졌다. 우리는 샤토덩 사거리로 함께 내려갔다. 카를로스는 셔츠 차림이었고, 점퍼는 손에 쥔 채 어깨에 걸치고 있었다. 긴장이 풀린 표정이었다. 나는 그와 나란히 걸었고, 산들바람이 우리의 얼굴을 스쳐 지나갔다. 학교도 하루 일과도 끝났고, 날씨는 기가 막히게 좋았다. 왜 나를 찾아왔는지 카를로스가 말을 해주려나? 갑자기 그는 정치 이야기를 하기 시작했다. 그는 TUC* — 젊은이들이 "노예선 TUC, 우리의 일자리를 위해 안간힘을 쓰고 있는 곳"이라 부르는 — 모임에 갔었다고 했다.

"튀크(TUC)라구?"

"응, 튀크. 넌 그게 뭔지도 모르지?"

"몰라. 그게 뭔데?"

"노동을 해본 적이 없는 구직 신청자들에게 구청에서 허드렛일을 주는 거야. 그 대가로 한 달에 천이백 프랑의 보수를 주고, 정부는 그들을 실업자통계에서 뺄 수가 있지. 넌 그런 술책을 모르지?"

"그게 너하고 무슨 상관인데?"

"뭐, 그게 나와 무슨 상관이냐고? 나 역시 이 년 후에는 그런 튀카르가 되지 않으란 보장이 어디 있어?"

* 공공사업고용. 16~25세의 실업자를 구제하기 위한 제도.

나는 그를 바라보았다. 그는 진지한 표정이었다. 나는 생각에 잠겼다. 튀크, 토크, 토크 토크, 티크 타크, 튀카르, 그래, 토카르* 였지…… 카를로스는 어깨를 으쓱하더니, 테니스 운동화의 흰색 신발창을 신경질적으로 구르며 투덜댔다.

"아무튼…… 너하고 너희 아빠는……"

"나하고 아빠가 어쨌다고……?"

"너랑 너희 아빠는 세상 사람들을 조롱하는 것이 재미있다고 생각하겠지? 너랑 너희 아빠는 아무것도 존중하지 않고, 다른 사람들처럼 일을 하지도 않아. 뭐든 쉽겠지, 부르주아에게는. 그래, 바로 그거야. 너랑 너희 아빠는 부르주아야! 부르주아 무정부주의자들!"

카를로스는 거만하게 고개를 쳐들었다.

"나한테 그 얘기 하려고 여기까지 온 거니?"

아무 대답이 없었다. 그는 "부르주아 무정부주의자들"이라는 말에 내가 화나지 않았나 두려워하고 있는 듯했다. 그러나 그것은 그의 오산이었다. 내가 다른 사람들처럼 일을 하지 않는다고 말하는 것은 그뿐이 아니었다. 엄마는 하루 종일 같은 소리를 되풀이했다. "리자, 결국 넌 다른 사람들처럼 일하지 못하게 될 거

---

* 프랑스어로 '무능력자' 란 뜻. 카를로스가 토카르를 튀크(TUC)와 합성해서 '튀카르' 라고 발음했으므로 주인공이 잠시 헷갈린 것이다.

야." 그런 것이 무정부주의자라면, 아마도 나는 무정부주의자일 것이다. 그러나 나는 아직 그 의미를 정확히 몰랐다. 갑자기 고모가 생각났다. 고모와 카를로스는 표현방식이 비슷하다. 고모도 정부의 방침에 불평을 늘어놓고, 노동자들의 권리가 무시당했다며 항의하곤 한다.

"이봐, 카를로스. 우리 또 싸우는 거 아니지?"

"물론 안 싸워. 너하고는 싸움이 안 돼."

카를로스는 의기소침해져서 대답했다.

"그런데 왜 날 찾아온 거야?"

"그만둬. 가자."

우리는 지하철역에 거의 다 와 있었다. 봉달론 과자점 앞을 지나다가 나는 입에서 살살 녹는, 노르스름한 작은 초콜릿빵을 두 개 사서 그에게 하나를 내밀었다. 카를로스는 어쩔 수 없다는 듯 웃더니 말했다.

"내가 앤 줄 아니?"

그는 결국 자기가 온 이유를 이야기했다.

며칠 전 누군가 경찰에 전화 걸어 카림을 고발했다. 경찰은 그의 집을 수색했지만 아무것도 발견하지 못했다. 자동응답기도, 계산기도. 그들이 찾아낸 것은 카림의 책상 근처에 있던 작은 탁자 위에 아무렇게나 놓여 있던 카를로스의 전화번호뿐이었다. 그래서 경찰은 아파트 경비실로 전화를 했고, 카를로스는 소환명령을 받았다. 다행히 경찰이 전화했을 때 마침 거기에 있었기 때문에 그는 직접 전화를 받을 수 있었다. 카를로스는 아버지가 자신이 그 사건에 연루된 것으로 오해하지 않기를 바랄 뿐이었다. 이번주 수요일에 경찰서에 가야 하는데, 그날 어머니에게 프로방스 거리에 사는 친구에게 초대를 받았다고 말할 수 있으면 좋겠다는 것이었다.

"누가 카림을 고발했는지 모르니?"

"아마도 극우파 활동가들이 우편함에 있는 아무 이름이나 적어서 고발한 것 같아."

그는 어깨를 으쓱했다. 마치 "넌 누가 그런 짓을 했기를 바라는데?" 하고 묻기라도 하듯. 그러고 나서 카를로스는 뭐 좀 마시러 가자고 덧붙였다.

우리는 노트르담 드 로레트 교회 근처에 있는 카페로 갔다. 카페 안이 연기로 자욱해서 더러운 안경을 쓴 것처럼 갑자기 시야가 흐려졌다. 바닥에는 담배꽁초들이 널려 있고, 포도주색 조끼를 입은 종업원 둘이 손에 쟁반을 들고 테이블 사이를 오가고 있었다. 바에서는 뚱뚱한 여주인이 이마의 땀을 훔치고 있었다. 조화장미처럼 혈색이 붉은 여자였다. 그녀가 입은 민소매 원피스는 더워 보였으며, 손님이 많은 탓인지 그녀의 얼굴은 지쳐 보였다.

그녀가 우리를 맞아들이려는 아무런 행동도 하지 않기에 우리는 재빨리 카페를 나와버렸다.

퇴근시간이 되면서 코쉬트 광장은 붐비기 시작했다. 매일 저녁 파리 북역 쪽으로 가는 사람들의 행렬이 줄을 잇고 있었다. 이어지는 라파예트 거리, 샤토덩 거리, 뷔포 거리에서도 인파에게 떠밀리지 않으려면 정신을 바짝 차려야 했다. 카를로스의 눈은 이상하게 빛나고 있었다. 어쩌면 혼자 경찰과 대면할 생각에 괴로워하고 있는지도 몰랐다. 물론 그가 무슨 잘못을 저지른 것은 아니지만, 경찰이라고 하면 왠지 불안해지는 것은 어쩔 수 없는 일이었다. 그가 경찰서에 갈 때 우리 아빠가 같이 가줄 수도 있을 것 같은데…… "아빠더러 같이 가달라고 할까?" 내가 그에게 물었다. 아니, 카를로스는 혼자 해결하고 싶어했다. 그러나 작별인사를 할 때, 그의 눈은 평소와는 달리 감동의 빛이 역력했다. 그는 내가 멋진 여자애라는 것을 인정했다. 지나가는 버스 소리 때문에 잘 알아들을 수 없었지만, 그의 어색한 몸짓을 보고 짐작할 수 있었다. 정확히 뭐라 말할 수는 없지만, 카를로스의 행동은 베로니크와 토마 집에서의 점심식사를 상기시켜주었다. 내가 뺨을 내밀고 먼 곳을 응시할 때면, 은근히 들었으면 하는 고백과 그렇지 않은 고백이 있다. 되돌려줄 수 없는 행복을 즐기는 게 어딘가 부당하다는 생각이 들었지만, 기분은 좋았다.

행복은 그리 오래가지 않았다. 엄마는 감기가 낫지 않아 다시 의기소침해진 것이다. 이번엔 사무실에서 무슨 일이 있었던 것 같진 않았다. 다만 누적된 피로를 더이상 참을 수 없게 된 듯했다. 엄마는 별 이유도 없이 열이 오랫동안 오르내리며 계속되자 걱정하는 것 같았다. 스스로 거의 돌보지 않고 휴가도 쓰지 않으며 일을 했으니 열이 내릴 리가 없었다.

어느 날 아침 엄마가 출근하고 난 뒤였다. 우표 한 장이 필요해 엄마 방에 들어갔다. 우표가 어디에 있는지 몰랐다면 엄마가 없는 방에 들어가서 우표를 가져오지는 않았겠지만…… 우표는 목요일 날짜가 펼쳐져 있는, 작은 포도주색 가죽 커버 수첩 옆에 놓인 봉투에서 비어져나와 있었다. 수첩에는 "이틀 전부터 차도가 없는 상태" 라고 휘갈겨 쓴 메모가 있었다. 나는 수첩의 앞장들을 뒤적여보았다. 메모는 보름 전부터 시작되고 있었다. 어느 페이지에는 "저녁 무렵 현기증" 다른 페이지에는 "몸이 무겁고 발열" "차도 없음" "등 아래쪽 통증" "밤에 통증" "일시적 차도 있음"…… 그리고 제일 먼저 발견한 "차도가 없는 상태"라는 메모가 마지막장에 있었다. 엄마는 몇 번이나 의사의 진찰을 받은 걸까? 의사가 엄마에게 증상을 메모해두라고 한 걸까? 그렇다면 내게 얘기를 했을 텐데…… 나는 비밀을 알아낸 것에 부끄러워졌다.

나는 발끝 걸음으로 방을 나와서 숙제는 반쯤 잊어버린 채 학교로 갔다. 하루 종일 궁금증에 시달리다가 하마터면 엄마의 직장으로 전화를 걸 뻔했다. 그런데 전화번호를 누르는 도중에 내가 뭔가 모르고 있는 게 아닌가 하는 생각이 들어 그만두고 말았다. 더구나 나는 잔뜩 겁을 먹은 나머지, 가장 두려워하고 있는 상황—엄마가 중병에 걸렸다거나 이상하게 행동하고 있다는 것—을 입에 담을 수조차 없었다. 저녁이 되자 나는 어떻게 말을 꺼낼지 심사숙고한 끝에, 엄마에게 넌지시 묻기 위해 엄마가 『텔레라마』*를 뒤적거리길 기다렸다.

"아직도 그렇게 피곤해요?"

"응, 그러지 않아도 그 얘기를 하려던 참이었다. 베르티에 선생님 병원에 다시 갔는데, 나더러 너무 지쳤으니 삼 주간 병가를 내서 쉬라고 하더구나. 어떻게 되가고 있는지는 잘 모르겠지만, 힘든 상황이야. 아드리앙의 엄마가 내게 노르망디에 있는 집을 빌려주겠다고 했어. 너도 기억하지? 우리가 크리스마스를 보냈던 곳 말이야. 그곳에 가서 좀 쉬어볼까 생각중이란다. 그리고 네가 아빠에게 전화를 했으면 좋겠다. 그 동안 아빠가 너를 맡아줄 수 있을지 물어보렴."

---

* 한 주의 방송 프로그램 및 시사·예술 관련 기사를 싣는 주간지.

그렇게 되는 건가? 한편으로는 안심이 되었다. 내가 보기에도 엄마가 시골에서 쉬다오는 편이 좋을 것 같았다. 하지만 그 수첩에 적힌 메모는 뭐지?

"네 어머니는 널 네 아버지 집에 삼 주씩이나 맡길 생각에 불안했던 건 아니었을까? 그래서 수첩에 자신의 느낌을 기록하면서 자기가 꼭 노르망디로 떠나야 한다는 것을 스스로 입증하고 싶었던 거야."

내가 리비에르 부인에게 얘기를 했을 때, 내게 차를 한잔 권하면서 그녀가 한 말이었다. 차를 대접하느라 그녀가 고개를 숙였을 때, 나는 그녀의 머리가 염색한 것임을 눈치챌 수 있었다. 갈색 머리 몇 가닥이 목덜미를 살짝 덮었으며, 나머지 머리는 뒤꼭지에 찐빵처럼 틀어올려 비녀같이 생긴 갈색 머리핀으로 고정되어 있었다. 귀부인 같은 모습이었다. 나는 그녀의 모습에 감동하면서도 주눅이 들었다. 다섯시경 그녀의 집을 나왔을 때 걱정은 어느 정도 사라져 있었다. 미래는 밝았으며 아무 장애물 없이 탁 트이고 단순해 보였다.

그런데 그날 밤이 되자마자 성기에 가벼운 작열감이 느껴졌다. 잠자리에 들면서 곧 괜찮아질 거라고 생각했다. 하지만 그것은 내 몸을 모르고 한 생각이었다. 어두운 방에 나 혼자 있다 보니 그곳이 특히 민감하고 약하다고 생각하게 된 듯했다. 지금은 그렇게 생각하지 않지만. 그후 며칠 동안 무시하려고 온갖 노력을 했음에도 불구하고, 통증 때문에 끊임없이 성기를 의식하지 않을 수 없었다. 성기는 두 장의 사포 조각이 되어 스칠 때마다 눈물이 날 정도로 아팠다. 엄마는 나를 한 일반의에게 보냈다. 나는 진찰을 받고 결과를 기다렸다. 이 주 동안 간헐적으로 통증이 찾아왔지만, 간혹 까맣게 잊을 정도로 통증이 사라질 때도 있었다.

결과는 끔찍했다. 내가 이런 병에 걸렸다니? 무슨 짓을 했다고? 심한 충격을 받은 나는 베르티에 선생님에게 전화를 걸어 진료 예약을 한 다음 병원으로 달려갔다. 다행히 대기실에 사람이 별로 없어서 곧 내 차례가 왔다. 나는 아무 말도 하지 않고 검사 결과를 내밀었다. 선생님은 진찰실을 왔다갔다하면서 결과를 대충 훑어보더니 모로코 가죽 소파로 와서 나와 마주 앉았다. 앞뜰을 향해 있는 진찰실은 조용했다.

"세균이 너무 많은 거죠, 그렇죠?"

베르티에 선생님은 대답하지 않았다. 왼쪽으로 한쪽 벽면의 거의 반을 차지하는 마호가니 붙박이장이 있었다. 그리고 다 실바 부인의 경비실 안처럼 주름잡힌 작은 커튼이 드리워져 있고, 유리문은 닫혀 있었다.

"세균이 너무 많다고 생각하지 않으세요? 포도상구균, 세포성 표피, 연쇄상구균 B그룹, 프로테우스, 미라빌리스(나는 그것들을 외우고 있었다) 가르드네렐라 헤모필루스 바지날리…… 너무 많은 거 아닌가요?"

선생님은 안경을 벗으면서 아주 친절하게 말했다.

"하지만 그렇게 심각할 건 없단다. 세균이 많은 건 사실이야. 그것들이 다 같은 종류의 세균이라면 위험할 수도 있지. 그러나 여러 종류의 세균들이 모여 있는 것, 그것이 곧 인생이란다."

그는 내가 이해하지 못하는 것을 눈치채고는 웃으면서 다시 한 번 말했다. "세균들과 함께 사는 게 곧 인생이란다!"

9

내 몸엔 아무 이상도 없었다. 그 모든 통증은 오로지 내 상상의 결과였다! 베르티에 선생님은 그것에 대해 무엇을 알고 있었을까? 전혀 이상이 없음에도 불구하고 내가 겪은 고통에 대해. 그런데 나는 왜 그렇게 아팠던 것일까? 세균들과 함께 사는 게 인생이라니…… 말은 쉽지! 그렇다면 엄마도 그 동안 엄살을 떨었던 것이란 말인가. 엄마도 엄살이었다니…… 집으로 돌아오는 길에 얼마나 많이 울었는지 모른다. 아주 오랫동안 울었다. 며칠 뒤 나는 아빠의 집에서 지내기 위해 집을 나왔다.

나는 아빠 집에서 삼 주 동안이나 지냈다. 처음에는 욕실에서 면도도 하지 않은, 혹은 양치질을 하기 위해 세면대 위로 구부정하게 숙이고 있는 아빠와 마주치는 일이 몹시 거북했다. 나는 셔츠가 바지 밖으로 비어져나온 아빠의 모습이나 방금 더러운 세탁물 바구니에서 꺼낸 것처럼 후줄근한 아빠의 얼굴을 보는 것이 무척 싫었다. 오전 늦게까지 학교에 가지 않고 집에 있는 날에는, 그런 모습의 아빠와 마주치지 않기 위해서 자는 척해야 했다. 물론 저녁이면 다시 활기차고 뽀뽀하고 싶어지는 젊은 아빠를 보게 되었다. 아빠가 자신의 나이에 걸맞게 보이는 것은 아침뿐이었다.

내 존재를 받아들이기를 피하는 것 같던 마리 루와도 사방에서 마주쳐야 했다. 욕실 붙박이장의 서랍 속에 든 그녀의 머리핀, 색색깔의 면봉들, 부엌 조리대에 놓여 있던 노란 테두리를 두른 붉은색 모닝커피 잔.

어느 날 저녁 나는 아빠와 함께 마리 루에 대해 이야기했다. 그리고 그 다음날 그녀는 우리와 함께 저녁식사를 했다. 그날 이후 그녀는 규칙적으로 아빠의 아파트로 왔다. 그녀는 마치 초대받은 귀부인처럼 행세했다. 한 손에는 마티니 잔을 든 채로 거실 스탠드에 팔꿈치를 괴고, 벽에 걸려 있는 포스터나 벽지 색깔에 대해 마치 처음 본 것인 양 최대한 관심을 표명하는 것이었다. 그녀는 이따금 저녁으로 무엇을 준비하는지 확인하거나, 나의 풋사랑에 대해서 물어보기도 했다. 그녀는 꼭 '풋사랑' 이란 단어를 썼다. 그녀는 내가 자기에게 숨기는 것이 없다고 확신하고 있었다. "여자끼린데 뭘 그러니……?" 하는 식으로. 매번 똑같은 각본이었다. 내가 유리잔을 깨뜨린 날과 그녀가 좋아하는 물건이 사라진 것에 대해 내가 책임을 져야 한다고 했던 날을 제외하고는. 그 물건은 그녀가 라파예트 백화점에서 열린 중국 상품 전(展)에서 아빠를 위해 샀던 찻잔세트로, 사라진 것이 아니라 노트 더미 뒤에 있어 쉽게 눈에 띄지 않았을 뿐이었다. 그때(그녀는 아무 말도 하지 않았다), 나는 그녀의 예의 바른 미소가 강요된 사교생활을 통해 노력으로 만들어진 것임을 알게 되었다.

사실 나는 그녀를 잘 이해하지 못했다. 확실히 그녀는 아름다웠고 아빠보다 젊었다. 그들은 서로 잘 통하는 것 같았다. 그녀는 행복하고 명랑하고 즐겁고 적극적이며 쾌활해 보였다. 하지만 자기와 다른 의견을 용납하지 못하는 성격 때문에 자신을 망칠 수도 있을 듯했다. 그토록 활동적이던 그녀는 내가 조금이라도 무슨 일을 열심히 해도 무기력해졌다. 내 넘치는 에너지에 짜증을 냈고, 내 기분이 좋은 것조차 그녀의 신경을 건드렸다. 내가 계단을 급하게 뛰어올라가면, 그녀는 이마의 식은땀을 훔쳤다. 그러나 내가 불안해하거나 생각에 잠겨 있거나 우울해하는 모습을 우연히라도 보게 되면, 그녀는 활기찬 목소리로 물었다. "우리 리자, 무슨 일이야?" "우리 리자, 기분 괜찮니?" 이런 지나친 배려 때문에 결국 나는 침대로 직행해서 할머니처럼 웅크려 있곤 했다.

가장 이상한 일은 이런 일들에도 불구하고 그녀에 대한 감정이 오래가지 않는다는 것이었다. 그녀는 새로 산 스웨터의 색깔이나 머릿결에 대해 칭찬받거나 칭찬하기를 무척 좋아했다. 완전 애였다. 특히 토마와 비교하자면. 그녀는 사람들이 자기에게 관심을 가져주기를 무척이나 원하는 반면 토마는 그러지 않았는데, 나는 이 두 사람의 성향에 대해 갈피를 잡지 못해 계속 실수를 저질렀다. 말하자면 토마에게는 다정하게 대했고 그녀에게는 퉁명스럽게 대했으므로, 무엇 하나 예상대로 되는 게 없었던 것이다. 나는 그들의 반응에 당황하곤 했다. 토마에게 안부 전화를 한 적이 있었는데, 사실 특별히 할말이 있어서는 아니었다. 그는 별다른 이유 없이 내가 전화한 것에 대해 놀라는 눈치였다. 그가 더이상 아무 말도 하지 않았기 때문에 나는 내가 그에게 성가신 존재처럼 느껴졌다.

그런 일들이 일어나는 동안 엄마는 노르망디에 있었다.

학교에서 돌아올 때마다 나는 층계에서 일하고 있는 카를로스와 마주쳤다. 그는 난간 손잡이를 닦고 있거나 바닥을 왁스로 문지르고 있었다. 그가 일하는 시간은 내가 돌아오는 시간과 비슷한 것 같았다. 우리는 몇 마디 인사만 주고받을 뿐, 중요한 얘기는 할 수 없었다. 경비실 유리문 너머에 있는 그의 어머니가 언제 우리에게 다가올지 몰랐기 때문이다. 특히 얼마 전부터, 그러니까 그가 경찰에 소환되던 날, 즉 카를로스가 우리집에 '초대받은' 것으로 되어 있는 날부터 그의 어머니는 우리 엄마에게 감사 인사를 하러 오겠다고 벼르고 있던 참이었다. 더구나 나는 그 사건이 어떻게 끝났는지 모르고 있었다. 카를로스는 거기에 대해 아무 말도 하지 않았고, 나 역시 경찰 생각만 해도 괴로웠으므로 묻지 않았다.

결국 나는 다 실바 부인에게 엄마에게 꽃으로 감사 표시를 하면 어떻겠냐고 제안했다. 우리는 꽃배달서비스를 통해서 노르망디까지 붉은 시클라멘을 보내기로 했다. 나에게 꽃을 고르라고 했더라면 데이지와 수레국화를 골랐을 거라는 생각이 들자 약간 우울해졌다.

카를로스는 변함없이 일정한 시간에 층계참에서 나를 기다렸다. 어느 날 그는 함께 공제조합 모임에 가자고 제안했다. '미제국주의'에 맞서 싸우고 있는 니카라과의 산디니스트*를 지지하는 단체의 모임이었다.

"재미있을 거 같아?"

내가 물었다.

---

* 니카라과 민족해방전선.

"재미로 가는 게 아니야! 너는 니카라과의 수도인 마나구아까지의 식량 운반을 막기 위해 미국 함대가 마티나 만(灣)에 정박한 채로 그라나다 항을 봉쇄하는 것이 아무 일도 아니라고 생각하지? 그게 다 현재 니카라과의 지도자인 오르테가에 대항하는 봉기를 부추기기 위한 것인데도 말이야."

"솔직히 말해서 난 몰라."(카를로스는 어디에서 이런 사실들을 알게 되었을까?)

카를로스는 나를 이상한 눈으로 뚫어지게 바라보았다.

"너는 정치에 관심도 없지?"

"응, 모임 같은 덴 가본 적도 없어. 난 영화관이 더 좋아. 하지만 네가 모임을 더 좋아하니까 어쨌든 가보자."

그는 만족스러운 표정이었다. 거기에 가면 사람들이 친절하고, "책임질 줄 아는" 웅변가들이 있고, 분위기가 기막히게 좋다는 것이었다.

당연히 나는 지루해서 죽을 뻔했고, 모임이 끝났을 때 카를로스에게 이렇게 말하지 않을 수 없었다.

"이런 모임을 가져봐야 네가 좋아하는 니카라과엔 아무런 도움도 안 돼."

"너 정말 못됐구나. 사람들은 신문이나 대사관을 통해야만 그런 일이 일어났다는 걸 알게 되겠지. 하지만 그들이 지지받고 있다는 걸 안다는 건 중요한 거야."

공제조합을 따라 뻗어 있는 도로에는 검은색 오토바이들이 사슬에 묶인 채 주차되어 있었다. 날은 저물어 있었다. 조금씩 내리는 비로 땅이 젖어서, 자동차들이 지나갈 때면 질척한 소리가 났다. 우리는 지하철역을 향해 걸어갔다.

"카를로스, 네 돈으로 산 오토바이를 도둑맞은 상황에서 네게 가장 위안이 되는 일은 뭐겠니? 도둑을 잡으려고 달려가는 것이겠니, 아니면 너희 아파트 사람들이 분개하며 너와 함께 항의하고 있다는 사실을 아는 것이겠니?"

카를로스는 대답하지 않고 고개를 끄덕였다. 그러자 그의 턱은, 소아레스 대통령에게 애착을 보이면서도 포르투갈이 모잠비크에서 철수하는 것을 유감스럽다고 주장하는 그의 아버지처럼 겹쳐져 두 개가 되었다. 그는 내 손을 잡고 한숨을 내쉬었다.

"그래, 넌 정말 괜찮은 여자애야. 하지만 네가 무슨 소리를 한다 해도, 정치적으로 큰 문제에 대해서는 이해를 못 해……"

10

엄마는 건강을 되찾았고, 나는 집으로 돌아왔다. 길지 않을 것 같았지만, 사실 삼 주는 긴 시간이었다. 여러 사건 덕분에 고모와 방학을 보내는 사태는 면하게 되었고, 8월에 엄마와 함께 피레네로 단체 여행을 떠나기로 했다. 우리는 농가에 머물면서 이동목축을 하는 가축을 돌보게 될 것이다. 엄마는 영국에서 연수를 마친 후 브래리 만에 있는 젊은이들을 위한 관광안내소에 들렀다가, 그곳에서 이 여행 프로그램을 소개받고는 무척 마음에 들어 했다. 건강을 회복한 엄마는 아주 달라진 모습이었다! 엄마는 진심으로 나를 즐겁게 해주려고 결심한 것 같았다.

나는 이 기쁜 소식을 베로니크에게 알리러 갔다. 이 소식을 듣고 그녀의 눈이 빛났는데, 조금은 부러워하는 눈치였다. 그녀는 이번에도 부모님과 함께 그리스로 휴가를 떠난다고 했다. 베로니크는 불평하진 않았지만, 고대 건축물 기둥들 사이에서 석양을 감상하는 대신 산꼭대기에 위치한 알프스 고지의 여름 목장 오두막, 양치기들과 함께 하는 암소 경주, 꿀, 염소, 용담속뿌리술 같은 걸 경험하고 싶었을 것이다. 토마는 어디로 갈지 아직 정하지 못했다. 하지만 디디에와 함께 멀리 떠날 것이다. 멀리 떠나는 것이 더 좋을 테니까!

나는 8월을 기다리며 자유를 만끽했다. 내년에는 생 조르주 중학교를 졸업하고 고등학교에 진학할 것이다. 베로니크만큼 우수하지는 않지만 그래도 우등이었다. 나는 위안이 되는 동시에 조금은 우울했다. 사실 약간 고민할 시간을 갖고 싶기도 했다. 다니던 학교를 영원히 떠난다는 것은 슬픈 일이다. 이제 다시 볼 수 없을 등하교 길, 행인, 가게의 진열창들…… 그러나 내년에 콩도르세 고등학교에 갈 생각을 하면 그런 감상적인 마음은 싹 사라져버린다. 학교가 집에서 아주 멀리 떨어져 있고 의상실, 대형 상점들과 아주 가깝기 때문이다. 거기에서는 중학교 때보다 좀더 나은 선생님들을 만날 수 있으면 좋겠다. 아무튼 그런 것들에 대해 다시 생각해볼 시간은 있다.

7월의 파리는 대형 장기판 같다. 각 거리에서, 각 모퉁이에서, 블록이 바뀔 때마다 음지와 양지가 교차한다. 밝은 사각형 땅 위로 창백한 실루엣이 산책하고, 그늘에서는 사람들이 아직 일을 하고 있다. 마치 여름휴가와 숨바꼭질을 하고 있는 것 같았다. 하루 종일 음지와 양지가 교대로 바뀌면서, 도시는 차례로 휴식을 취했다. 특히 산들바람이 부는 화창한 날에 눈을 반쯤 감으면 리볼리 거리의 아케이드 끝으로 바다가 보이는 것 같았다. 콩코르드 광장에는 해수욕장에서처럼 만국기가 바람에 휘날리고 있었다. 자동차들이 많지 않고 보도가 푸른빛을 반사하는 아침이면, 아주 멀리 북해 주변 이를테면 오스텐데에 와 있는 기분마저 들었다.

내가 이 광장을 마지막으로 보았을 때(7월 14일*이었다), 광장은 반팔셔츠 차림의 파리 사람들로 북적대고 있었다. 우리처럼 퍼레이드를 구경하러 나온 사람들이었다. 토마는 베로니크에게 적어도 평생에 한 번쯤은 볼 만한 거라면서 우리를 광장에 데려가겠다고 했고, 디디에도 나중에 우리와 합류했다. 둘은 바로 다음날 아르헨티나로 떠날 예정이었기 때문에, 혁명 기념 퍼레이드는 그해의 마지막을 장식하는 '팡파르'였다…… 좋은 자리를 차지하기 위해 아침 일찍 일어나야 했다. 우리는 샹젤리제 대로 끝, 특별석과 텔레비전 취재 카메라들과 가까운 통제선 바로 뒤에 자리를 잡았다. 사람들은 모두 홍에 겨워 웃으며 떠들어댔고, 어린아

* 프랑스 혁명 기념일.

이들은 부모가 만들어준 신문지 고깔모자로 햇빛을 가리고 있었다. 마치 투르드프랑스* 때와 같은 분위기였다. 그때 갑자기 시끄러운 소리가 들려왔다. 우리 앞까지 당도한 행진대열에서 나는 소리였다. 모두 숨을 죽였다. 나는 약간 고통스럽기까지 했다. 나무창을 댄 신발을 신고 발맞춰 행진하는 소리 때문에 기분이 이상해지리라고는 상상도 못 했었다. 그런 감정을 억누를 겨를도 없이, 여러 이미지들이 앞 다투어 눈앞에 나타났다. 네이팜탄에 불타버린 마을에서 벌거벗은 채 도망쳐나오고 있는 베트남 소녀의 사진을 담은 『파리 마치』**의 표지, 레바논의 앉은뱅이들, 한쪽 눈에 파리가 잔뜩 붙은 애꾸눈의 젊은 병사들, 그리고 왜 그런 이미지가 떠올랐는지는 모르겠지만, 항문에 꽂힌 채 엄청난 속도로 자라나 사람의 몸을 뚫고 나오는 대나무들(일본식 고문이었다).

이런 이미지들이 머리에서 떠나지 않고 나를 괴롭힐까봐 두려웠다. 나는 다른 생각을 하기 위해서 베로니크에게 말을 하기 시작했고, 마침내 고통은 사라졌다. 탱크가 지나가고 사람들이 침묵했던 순간을 제외하면, 퍼레이드는 그런대로 즐거웠다.

군인들의 화려한 검대***, 붉은 방울술이 달린 베레모, 휘장, 군

---

* 프랑스 일주 자전거대회. 매년 여름 개최되는 자전거 경기로, 가장 빠른 시간 안에 정해진 코스를 주파하는 선수가 우승한다.

** 프랑스의 시사 주간지.

기, 금색 투구, 깃발들이 눈에 들어왔다. 우리가 퍼레이드를 구경하는 동안, 토마와 디디에는 프랑스 군대에서 청춘의 심볼인 여드름을 어떻게 치료해주는가라는 바보 같은 주제로 얘기를 하고 있었다. 그러는 동안 텔레비전 스피커에서 열정적인 연설이 흘러나오고 있었기 때문에, 그들의 이야기는 주변 사람들을 웃기기에 충분했다. 생 맥상 사관생도들이 당당하게 지나가고 있었다. 그들의 표어는 "지도자를 위해 기쁨과 영광 속에 공부하자"였다.

"이 얼마나 대단한 표어입니까!"

우리 곁의 스피커가 울부짖고 있었다. 그 옆에 있는 토마가 외쳤다.

"저런 멍청한 놈들!"

"생 맥상의 젊은이들에게 정말 어울리는 표어로군요……"

이제 '악시옹 라피드 부대'라고 불리는 현역 27사단 차례였다. 온통 흰색으로 차려입은 모습이 크리스마스 트리 밑에 놓인 나막신에 선물로 들어 있는 장난감 병정 같아서 페스티벌 군인이라고 부르는 게 더 나을 것 같았다. 사람들은 그들을 보려고 서로 밀치면서 난리법석을 떨었다.

제1채널의 해설자는 콩코르드 광장에 설치된 대통령 연단이

*** 검·총 따위를 차는 허리띠.

지금 막 채워졌다고 중계하고 있었다. 우리가 있는 곳은 그처럼 지상 일 미터 오십의 플랫폼 위가 아니었으므로 연단은 잘 보이지 않았다. 토마가 내 쪽으로 몸을 기울이더니 내 머리카락을 살짝 들어올리고 속삭였다. "지금 너하고 있어서 행복해. 정말 오랜만이야……" 흰 제복을 입은 군인들의 마지막 행렬이 막 샹젤리제 대로를 떠났고, 보병 159연대가 뒤를 이어 나타났다. 나는 그들을 눈으로 좇고 있었다. 우리가 서로 만나지 못했던 것이 누구의 잘못인가? 내가 토마에게 전화하면 그는 마치 방해받기라도 한 것처럼 불쾌한 투로 전화를 받았고, 자신은 절대로 나에게 먼저 전화하지 않았다. 그는 우리가 노트르담 드 로레트 거리에서 우연히 마주치기를 기대했고, 함께 외출하기 위해 내가 베로니크와 만나길 기다린 것이었다.

해설자의 설명이 이어졌다.

"박격포와 대전차미사일을 보유한 백오십구 연대는 레바논에서 유엔군과 나란히 프랑스의 위상을 드높인 바 있습니다. 이들은 용기와 냉정함과 위엄을 갖춘 프랑스의 자랑스러운 군인들입니다."

철모 끈이 턱 바로 아래까지 늘어져 있어서, 그들은 얼굴을 치켜올리고 있어야 했다. 군대의 규율은 무척 엄하다는데, 상관이 말도 안 되는 명령을 내리더라도 무조건 복종해야 할까 하는 의문이 나도 모르게 떠올랐다.

땅을 울리는 요란한 북소리가 들려왔다.

"비가 오려나봐."

나무 위의 구름들을 가리키며 디디에가 소리쳤다.

"천만에, 이건 북소리야. 저기를 봐."

토마가 개선문 쪽을 손가락으로 가리키며 대답했다. 베로니크는 난간 위로 몸을 끌어올리려 애쓰고 있었다. 방금 우리가 들은 것은 진짜 북소리였다. 북을 앞장세우고 DPC 8연대가 모습을 드러냈다.

"이 연대는 알제리 전쟁과 디엔비엔푸* 전투에 참전했고, 레바논과 차드에도 참전한 바 있습니다."

스피커에서 외쳐대고 있었다.

DPC 8연대가 장중하게 행진하자 우리 주변에서 들려오던 수다는 일제히 뚝 끊겼다. 한 장교가 앞으로 뻗친 팔 끝에는 금색 술 장식이 달린 보라색 깃발이 들려 있었고, 깃발 위에는 "디엔비엔푸 1954"라고 씌어져 있었다. 그것은 유일한 실체이자 의지이고 확고한 결의였다. 디엔비엔푸…… 무언가 머릿속에 떠올랐다.

* 라오스와의 국경지대에 있는 베트남의 작은 도시. 1945년부터 8년간 벌어진 '디엔비엔푸 전투'로 유명하다. 이 전쟁에서 승리함으로써 베트남은 백여 년간의 프랑스 식민통치에서 벗어났다.

아빠가 디엔비엔푸에서 프랑스 군대가 크게 패했다고 내게 이야기해줬었던 것 같다.

"오빠도 봤죠? 군기에 금색으로 '디엔비엔푸'라고 새겨놓은 것 말이에요. 무슨 영광의 상징이라도 되는 것처럼!"

나는 토마에게 작은 소리로 말했다.

"꼬맹이는 입 다물고 있는 편이 낫단다."

토마가 나를 자기 쪽으로 끌어당기면서 말했다.

구경꾼들은 이제 해군성 보병연대를 향해 박수를 보내고 있었다. 우리 머리 위로 콩코르드 광장에서 약속이라도 한 듯 구름이 모여들고 있었다. 때때로 구름이 태양을 완전히 가리기도 했다. 이제는 텔레비전 스피커에서 뭐라고 하는지 알아들을 수가 없었다. 구경꾼들이 각자 나름대로 한마디씩 하느라 왁자지껄해졌기 때문이다. 단 한 쌍의 부부만이 이 즐거운 분위기를 못 견뎌하고 있었다. 그들은 마치 산책 나온 것처럼 행동하고 있었다. 부인은 짧은 갈색 머리에 크고 맑은 눈과 냉소적으로도 보일 수 있는 약간 얇은 입술을 가지고 있었으며, 남편은 금발의 곱슬머리에 눈동자 색깔은 청남색에 가까웠다. 그들은 둘 사이의 해묵은 감정을 차분히 해결하고 있는 듯했다. 이따금 부인이 날카로운 말을 던지면, 남편은 침묵으로 답했다. 그러면 부인도 입을 다물었고, 논쟁은 더 조용히 다시 시작됐다. 주변의 소란스러움은 그들과는 무관했다. 그녀는 잠시 눈을 들었다가(눈썹에 이슬이 맺혀 있었다) 한 손으로 꼭 잡고 있던 난간의 아래쪽 바만 뚫어져라 바라보았고, 위쪽 바에 팔꿈치를 괴고 있던 남자는 많은 생각이 교차하는 듯 두 손을 맞잡았다. 가끔씩 구경꾼들과 군인들에게 눈길을 보내는 모습을 보면 그 역시 힘들어하고 있다는 것이 느껴졌지만, 그녀만큼은 아니었다. 그는 군중 속에서 말다툼을 하게 되어 오히려 다행스러워하고 있는 듯싶었다. 어쩌면 관계를 끝내기 위해 이런 역사적 현장을 택한 것은 그였는지도 모른다. 모여 있는 사람들 중에는 보름달이 뜨는 날에 태어나기로 결심한 아기들처럼, 별로 중요하지 않는데도 단지 7월 14일이라는 이유로 만나거나 그 부부처럼 무슨 일을 벌인 이들이 있을지도 몰랐다……

군인들의 행렬은 여전히 계속되었다. 각종 연대들과 사관생도들의 행렬이 교대로 이어지고 있어서 약간 지루했지만, 그들의 동작에 취한 사람들은 눈을 떼지 못했다. 디디에와 토마는 더이상 재미를 느끼지 못하는 것 같았다.

생 시르 육군사관학교 생도들 뒤로 공군, 파견군, 장교학교 생도, 군사고등학교 생도, 전차와 가젤 헬리콥터의 행렬이 이어졌다.

"프랑스는 끄떡없을 거야."

베로니크가 중얼거렸다.

"무슨 소리! 알제리 전쟁에서도 졌는걸."

디디에가 반박했다. 그러나 그는 이내 입을 다물었다. 가젤 헬리콥터 뒤에서 레지옹도뇌르 외국인 수훈자들의 첫번째 대열이 나타났던 것이다.

북소리가 그들의 출현을 알렸고, 브라스밴드들이 멀찌감치 떨어져서 그들을 호위하고 있었다. 그들은 다리를 저는 듯 한쪽 허리에 체중을 싣고 걸었지만, 어쨌든 그들의 행진은 멋있었다. 그들은 투우사들처럼 자신만만해 보였으며, 금술이 달린 울긋불긋한 견장을 달았는데도 불구하고 어떤 군대에도 소속되지 않은 것처럼 보였다. 그들은 푸주한처럼 황갈색 가죽 앞치마를 두르고 경기관총을 부엌칼인 양 휘둘렀다. 다른 군인들과 다르게 보이기 위해 수염을 텁수룩하게 기른 이들도 있었다. 어떤 뚱뚱한 군인은 배가 허리띠 밖으로 너무 튀어나온 나머지, 윗도리를 가로지르는 가죽끈이 멜빵 구실을 하고 있었다. 그는 다른 사람들에 비해 유난히 열정적인 태도로 기관총을 단단히 잡고 있었는데, 그의 한쪽 눈은 밴드로 가려져 있었다.

"저 사람들이 예전에 어린 소녀들을 강간한 적이 있다는데, 그 말 믿어요?"

내가 토마를 팔꿈치로 밀면서 작은 소리로 물었다.

"글쎄, 한둘쯤은 그랬을 수도 있겠지……"

그때 돌풍이 샹젤리제 대로의 바닥을 휩쓸고 지나면서 치마와

모자들이 바람에 날아올랐다. 때마침 '앙텐 2' 채널의 아나운서가 무성한 신록을 예찬하던 중이었다. 깃발들이 바람에 펄럭이는 소리가 들리고, 갑작스런 소낙비가 레지옹도뇌르 외국인 수훈자들 위로 쏟아졌다. 여름비였는데도 3월에 내리는 비처럼 세차고 억수 같았다…… 정말 하늘에 구멍이라도 난 것 같았다! 구경꾼들이 전부 나무 아래로 몰려든 탓에 잠시 후 난간 주변은 텅 비어버렸다. 사람들은 비를 피할 곳을 찾아 우왕좌왕했지만 불평하기는커녕 오히려 재미있어하는 표정들이었다. 머리에서 빗물이 줄줄 흘러내려 상의가 흠뻑 젖을 정도였다. 그들은 쏟아지는 비를 바라보며 감탄하고 있었다. "7월 중순에 무슨 비가 이렇게 온담. 억수같이 쏟아지는군. 당신 흠뻑 젖은 거 알기나 해?" 그들의 눈은 빛났다. 사람들은 저마다 축제 분위기에 휩싸여 있었다. 무도회, 초롱, 불꽃놀이가 되살아나고 있었다. 소나기가 군대를 싹 쓸어버린 걸까? 그래, 시원하게 됐군. 살아남은 건 물웅덩이와 비뿐이야. 나뭇잎들이 잔뜩 물기를 머금고 있어서 나무 아래도 안전한 곳은 못 됐다. 우리가 비를 피했던 나무의 이파리가 머금고 있던 빗물이 갑자기 쏟아지는 바람에, 모두 흠뻑 젖어버렸다.

"이제 가자. 행진하는 사람들도 모두 젖었어!"

디디에가 말했다.

그러나 아무도 집으로 돌아가고 싶어하지 않았기 때문에 우리는 콩코르드 광장 쪽으로 발길을 옮겼다. 토마는 오후 늦게 시작하는 튈르리 공원의 무도회에 가기 전에 자기 부모님 집으로 가서 옷을 말리자고 제안했고, 우리는 몸을 따뜻하게 하려고 서로 팔짱을 끼고 대로를 걸어내려갔다. 가는 길에 우리는 군용트럭들과 마주쳤다. 트럭의 물품보호덮개 가장자리에 빗방울들이 매달려 있는데, 베로니크나 나보다 몇 살 많아 보이지 않는 소년들이 비 내리는 풍경을 우울하게 내다보고 있었다. 그들의 파리 체류가 끝나는 날 우리의 휴가가 시작된다고 생각하니 우스웠다. 나는 두 달 동안 베로니크와 토마를 떠나 있을 예정이었다.

리볼리 거리의 통행이 통제되었기 때문에, 우리는 잔다르크 동상이 있는 곳까지 거슬러올라갔다가 카스티글리온 거리에서 왼쪽으로 꺾어졌다. 그때 다시 비가 억수같이 쏟아졌지만, 다행히도 아케이드가 있었다. 우리는 한시라도 빨리 몸을 말려야겠다는 생각에 걸음을 재촉했다. 집에 도착하니 리비에르 씨는 이제 막 일어난 참이었다.

"이런, 불쌍한 녀석들 같으니라구!"

그는 우리에게 문을 열어주면서 소리쳤다.

그리고 그는 커피를 타기 위해 부엌으로 갔다. 나는 베로니크와 토마에게 바지와 셔츠를 받아 갈아입었다. 떠날 때 리비에르 씨는 의미심장한 미소를 띠며 우산을 내주었다.

그러나 다시 날이 개었기 때문에 우산을 펼 일은 없었다. 우리는 오후 한나절 동안 센 강 근처에서 산책했고, 결국 디디에의 소원대로 튈르리 공원의 무도장으로 몰려갔다. 디디에는 그 무도회를 무척 고대하고 있었다. 단언하건대, 그는 베로니크의 환심을 사려고 애쓰는 중이었다. 조심스럽게 말해야 하기 때문에 "환심을 산다"는 표현을 쓴 것이다. 문제는 그가 다가갈 적마다 베로니크는 몹시 무뚝뚝해진다는 점이다. 하지만 디디에는 좌절하지 않았고, 어쩌면 무도회로 분위기를 바꿔보려는 것 같기도 했다. 튈르리 공원의 땅은 오전에 내린 비로 젖어 있었고, 비에 젖은 마로니에의 짙은 향이 떠돌았다. 오케스트라 쪽으로 가고 있는데 토마가 내 어깨에 팔을 둘렀다. 나는 그의 허리를 잡았다. 그때 나는 인생에서 가장 소중한 순간에 우리가 왜 헤어져야 하는가를 생각하고 있었다. 이제 토마는 그의 엄마도, 나의 엄마도, 그의 여동생도, 평소 나라는 아이를 잘 나타내주는 어떠한 것도 신경쓰지 않는 것 같았다. 날이 저물었다. 우리는 베로니크와 디디에보다 약간 앞서 걷고 있었다. 벌써 연단 앞에 춤을 추고 있는 무리들이 눈에 띄었다. 그들을 물끄러미 바라보고 있던 토마가 나를 가로막고 서더니, 갑자기 몸을 숙이고 내 얼굴을 자기 얼굴 가까이로 끌어당겼다.

"리자."

"왜요?"

"내 셔츠 돌려줄 거니?"

그는 희미한 미소를 띤 채 깊고 푸른 눈동자로 뚫어져라 나를 바라보았다. 나는 갑자기 입술이 타들어가는 느낌이었다.

"아뇨……"

"그걸로 뭘 하려고?"

"입으려구요."

"한여름에?"

"아마 그렇지 않을까요……"

내 얼굴은 여전히 토마의 손 안에 있었고, 그의 입술은 내 입술에 닿을 것만 같았다. 그는 그 순간이 영원히 지속되길 바라는 것 같았다. 우리의 입술은 아주 가까이 있었다. 우리가 서로 원하는 마음은 너무도 강렬해서 온 몸이 부르르 떨릴 정도였다. 마침내 그는 내 손을 잡아끌면서 낮은 소리로 "춤추러 가자"고 말했다. 그가 내게 몸을 기대고 춤추는 동안 나는 그의 머리칼을 어루만졌다. 캐리 그란트가 나오는 영화를 본 날 저녁에 그가 내게 입을 맞춘 후로 우리는 입맞춘 적이 없었다. 그리고 내겐 그것을 기대할 만한 마음의 여유도 없었고. 오늘 온종일 내가 입맞춤을 고대하는 동안 토마 역시 그랬을 것이다. 이런 달뜬 기다림이 곧 인생이었다. 그것이 내가 인생에 대해 말하고 싶은 바이다. 나중에 어른

이 되어서도, 사랑하는 남자와 사귈 때는 이렇게 마음이 달뜰 수 밖에 없을 거라는 예감이 들었다.

"나한테 편지할 거니?"

"오빠는요?"

"아, 난…… 디디에하고 지낼 거라서. 우리가 한곳에 계속 머물지 않을 거라는 거, 너도 잘 알잖아."

"그러면 나도 마찬가지예요!"

그는 웃음을 터뜨리더니, "키스해줘"라고 속삭였다. 이제 해는 완전히 져서 어두워졌다. 연단 주위에 조명이 켜졌고, 우리 머리 위의 무성한 나뭇가지들 사이로 영원한 불꽃놀이의 피날레가 시작되고 있었다.

옮긴이 **용경식**

서울대학교 불문과를 졸업하고 동대학원에서 박사과정을 수료했다. 1986년 『동서문학』 제정 제1회 번역문학상을 수상했으며, 현재 전문번역가로 활동중이다. 『연인』 『존재의 세 가지 거짓말』 『어제』 『고문하는 요리사』 『나는 떠난다』 『자기 앞의 생』 『나는 어떻게 바보가 되었나』 『열여섯 더하기 하나』 등을 우리말로 옮겼다.

문학동네 세계문학
그들의 세계는 얼마나 부서지기 쉬운가

초판인쇄 | 2005년 6월 8일
초판발행 | 2005년 6월 18일

지 은 이 | 실비 플로리앙 푸유
옮 긴 이 | 용경식
펴 낸 이 | 강병선
책임편집 | 김지연
펴 낸 곳 | (주)문학동네
출판등록 | 1993년 10월 22일 제406-2003-000045호

주 소 | 413-756 경기도 파주시 교하읍 문발리 파주출판도시 513-8
전자우편 | editor@munhak.com
전화번호 | 031) 955-8888
팩 스 | 031) 955-8855

ISBN 89-8281-982-7 03860
www.munhak.com

문학동네가 펴낸 청소년을 위한 책

도서관에서 생긴 일 귀뒬 지음 | 신선영 옮김

앞집에 사는 신비로운 긴 머리 소녀 이다를 좇아 한밤중에 도서관에 잠입하게 된 기욤. 소녀는 기욤에게 이루지 못한 꿈을 털어놓고, 기욤은 소녀를 도와 꿈을 이뤄주기 위해 마법의 책을 찾아 모험을 떠난다. 글쓰기와 책읽기의 기쁨과 즐거움을 전하는 마법과 같은 책.

보이지 않는 도시에서 프랑수아 봉 지음 | 이주희 옮김

고층 아파트의 빈 집에 홀로 남겨진 사뮈엘은 한밤중에 엘리베이터를 타고 모험에 나선다. 사뮈엘의 눈앞에 차례로 나타나는 기이한 인물들. 일상에 가려져 있던 마법 같은 세계와 만나게 되는 열다섯 살 소년을 둘러싼 환상적이고 아름다운 이야기.

요코 이야기 요코 가와시마 웟킨스 | 윤현주 옮김

일본인 소녀의 눈으로 본 해방 전후의 한국사회는 어떤 모습일까? 생에 대한 열정과 용기로 죽음의 길을 헤쳐갔던 한 소녀와 가족의 이야기. 전쟁의 광기와 폭력에 휘말린 주인공을 통해, 동아시아 역사의 숨겨진 이면을 드러내고, 민족과 국가라는 이름하에 고통을 당했던 개인들의 다양한 목소리를 들려주는 소설.